在梅溪边

小木屋的故事

[美] 劳拉·英格斯·怀德 著
文轩 译

中国书籍出版社
China Book Press

图书在版编目（CIP）数据

在梅溪边 /（美）怀德著；文轩译 . — 北京：中国书籍出版社，2015.2
ISBN 978-7-5068-4624-0

Ⅰ . ①在… Ⅱ . ①怀… ②文… Ⅲ . ①儿童文学—长篇小说—美国—现代 Ⅳ . ① I712.84

中国版本图书馆 CIP 数据核字（2014）第 300629 号

在梅溪边

[美] 劳拉·英格斯·怀德 著 文轩 译

图书策划	武 斌 崔付建
责任编辑	牛 超
责任印制	孙马飞 马 芝
出版发行	中国书籍出版社
地 址	北京市丰台区三路居路 97 号（邮编：100073）
电 话	（010）52257143（总编室）（010）52257140（发行部）
电子邮箱	chinabp@vip.sina.com
经 销	全国新华书店
印 刷	北京富达印务有限公司
开 本	650 毫米 ×940 毫米 1/16
字 数	152 千字
印 张	18
版 次	2015 年 2 月第 1 版 2015 年 2 月第 1 次印刷
书 号	ISBN 978-7-5068-4624-0
定 价	35.00 元

版权所有　翻印必究

出版前言

在美国白宫的网站上，列有美国儿童文学作家的白宫梦之队，成员仅有三位：一位是写《夏洛的网》的E.B.怀特，一位是写《戴高帽的猫》的苏斯博士，还有一位就是"小木屋的故事"系列小说的作者劳拉·英格斯·怀德。

劳拉·英格斯·怀德出生于1867年2月7日，是四个孩子中的老二。根据劳拉的描述，她的父亲是个聪明、乐观却有些鲁莽的人，而她的母亲节俭、温和且有教养。劳拉的姐姐玛丽14岁时因感染猩红热而失明，弟弟九个月大的时候就夭折了。姐弟的不幸和常年艰辛动荡的拓荒生活，让劳拉从一个无忧无虑的小女孩迅速成长为一个坚强、勇敢、自立的少女。1882年，她在15岁时就取得了教师资格证。为了能让姐姐玛丽读昂贵的盲人学校，她独自去离家十几公里的乡村小学做教师赚钱养家。

小木屋的故事
Little House Books

在那段时间里，她收获了爱情，大她十岁的农庄男孩阿曼乐对劳拉展开了追求。3年后，18岁的劳拉和阿曼乐结为夫妻，后来生下了女儿罗斯。罗斯长大后成为了一名相当出色的新闻作家，而正是在罗斯的鼓励下，老年劳拉开始了对过去拓荒生活的回忆，创作出了"小木屋的故事"系列小说。这套作品可以说就是劳拉大半生的自传，书中的主角劳拉就是真实劳拉的化身。

"小木屋的故事"讲述了19世纪后半期，女孩劳拉和她的家庭在美国西部边疆地区拓荒的故事，被誉为一部美国人自强不息的"拓荒百科"。1862年南北战争期间，美国国会颁布了《宅地法案》，规定了拓荒者可以申请获得公有土地，从而揭开了波澜壮阔的美国西部大开拓时代。南北战争结束后，美国各地掀起了到西部拓荒的热潮。在这样的历史背景下，住在美国中部威斯康星州的劳拉一家开始了进军西部、追求美好生活的拓荒历程。劳拉从2岁开始便跟随家庭四处迁徙，在13岁以前，她就已到过威斯康星州的大森林、堪萨斯州的大草原、明尼苏达州的梅溪边，以及南达科他州的大荒原。劳拉一家住过森林里的小木屋，睡过草原上的地洞，也在静谧的农庄和繁忙的小镇生活过。

"小木屋的故事"一共9本，其中序曲《大森林里的小木屋》出版于1932年——劳拉65岁之时，主要讲述了她童年时代生

在梅溪边
On the Banks of Plum Creek

活在威斯康星州大森林里的故事。这本书一经出版便获得了出人意料的成功,受到了不同年龄读者的极大欢迎,这也让劳拉意识到自己"拥有一个奇妙的童年"。此后十年,她笔耕不辍,相继出版了《农庄男孩》(1933年)、《草原上的小木屋》(1935年)、《在梅溪边》(1937)、《在银湖边》(1939)、《漫长的冬季》(1940)、《草原小镇》(1941)、《快乐的金色年代》(1943)等7部作品,故事一直讲到劳拉恋爱并嫁给阿曼乐。1957年,劳拉在密苏里州的农场去世,享年90岁。她的遗作,反映其新婚生活的手稿——《新婚四年》于1971年由女儿罗斯整理出版,为"小木屋的故事"画上了完美的句号。

劳拉曾在文章中写道:"我见识了森林和草原的印第安乡村、边疆小镇、未开发的西部广袤土地,也亲历了人们申领土地拓荒定居的场景。我想我目睹了这一切,并在这一切中生活……我想让现在的孩子们对他们所看到的事物的历史源头及其背后的东西有更多更深的了解,正是这些使美国变成了今天他们所知道的样子。""小木屋的故事"在历史层面上,已然超越了儿童文学的范围,吸引了无数读者争相传阅。在劳拉87岁时,"小木屋的故事"系列小说开始被译成多种语言,在世界各地发行,每一本都受到了读者的极大欢迎。没有高学历、没有受过严格写作训练、没有华丽文笔的劳拉恐怕没有料到,"小木屋的故事"系列小说从此会成为世界儿童文学经典名著,成为美国文学史

上的一块里程碑。迄今为止，它已被改编成各种形式的故事，拍成系列电视剧和多部电影。而作者生活过并在小说中出现的地方——威斯康星州大森林中和堪萨斯州大草原上的小木屋、南达科他州银湖岸边的农庄和德斯密特镇的旧居，都成为了著名的景点，每年迎来成千上万的访客。

从拓荒女孩到驰名世界的儿童文学作家，劳拉一生的故事曲折生动。她以细腻的文笔和丰富的情感，把家庭的西部拓荒史、同父母姐妹间的亲情、与阿曼乐之间纯洁美好的爱情，以及个人的少女成长经历，描述得栩栩动人、妙趣横生。"小木屋的故事"系列小说如同一幅幅工笔细描的图画：拓荒者们与大自然搏斗，但又与大自然和谐相处；作品中的日月星辰、风雨冰雪、飞禽走兽、树木花草，无不变幻多姿、充满诗意，即使是破坏力巨大的自然灾变，也别具魅力；拓荒者之间的人际关系是那么单纯、和谐，家庭成员、亲族和朋友间的情感，包括劳拉与阿曼乐的爱情，都是那么真诚、美好，他们甚至对狗、猫、马、牛等家畜也充满了眷顾与柔情。全书涉及自然、探险、动物、亲情、爱情、成长等诸多受青少年喜爱的或惊险刺激、或温馨感人的元素，即便今天读来也倍感亲切，让人身临其境。

这是一套非常适合家庭阅读和亲子阅读的书籍。通过品读劳拉的成长故事和家庭的拓荒历程，我们可以认识自己与亲人、大自然的亲密关系，可以在生活节奏加快、人际关系疏离、远离大自然的现代社会中,找回温馨的亲情、宝贵的勇气、真实的爱情和朴素的感动。

放眼今天,生活在电子时代的我们很难说就一定比拓荒时的劳拉一家更加幸福。祖辈们用勤劳和勇敢开拓出美好的家园,传递给子孙后代。而当我们享受他们的馈赠时,却忘记了他们是如何久经生活的考验:耕种、打猎、缝衣、筑屋、凿井……劳拉曾说,她创作"小木屋的故事",是为了"把自己的童年故事讲给现在的孩子听,让他们懂得勇敢、自强、自立、真诚、助人为乐……这些品质不管是在过去还是在现在,都可以帮助我们克服各种艰难困苦"。劳拉的愿望已经成为一代代读者所追求的目标,劳拉的故事已经成为人们成长路上难得的指引与鼓励,温暖了无数大人和孩子的心灵,激励着我们不畏艰辛、勇敢开拓、创造未来。

目 录
CONTENTS

001　地下有道门

007　地洞小屋

015　灯芯草和香蒲草

019　黑 水 潭

024　奇怪的动物

032　长着玫瑰花斑点的小奶牛

038　牛跑到了屋顶

044　麦 草 堆

051　蝗 虫 天

056	牛群闯进了麦草堆
062	逃跑风波
068	圣诞礼物是一匹马
075	愉快的圣诞节
081	春　讯
085	独木桥事件
090	漂亮的新家
098	搬进新家
104	老螃蟹和寄生虫
110	捕　鱼　笼
115	上　学　了
126	内莉·奥利森生气了
133	城里派对
141	乡村派对
149	做　礼　拜
162	蝗虫灾害
173	蝗　虫　卵
179	春　雨
188	爸的来信
192	带来希望的黎明

201	进　城
206	圣诞节的惊喜
216	蝗虫离开了
222	火　轮
227	写字板上的记号
231	看　家
240	草原上的冬天
245	漫长的暴风雪
255	做游戏的时光
261	暴风雪的第三天
263	第　四　天
272	圣诞前夜

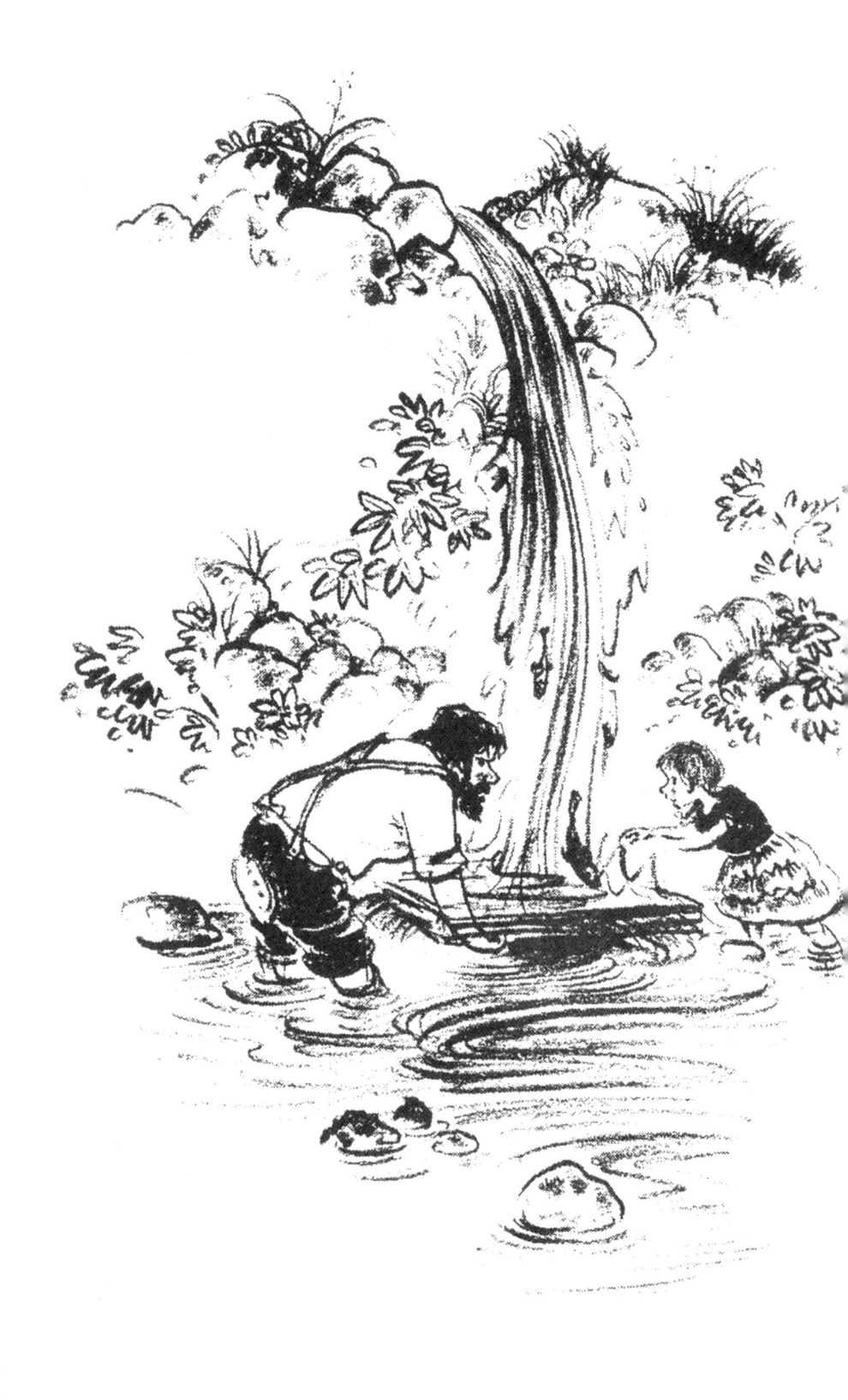

地下有道门

爸将马车稳稳地停在了草原上。

杰克立马就钻到了车轮中间趴下,那儿比较凉快。它伸出两条前腿,用它那毛茸茸的鼻子均匀地喘着气。除了耳朵竖着,它全身都放松了下来。

这么长时间以来,杰克跟着马车整天奔波。一路上,从印第安保留区的小木屋,到堪萨斯州、密苏里州和爱荷华州,再到明尼苏达州。杰克知道,马车停下来的时候,自己就可以休息了。

小木屋的故事
Little House Books

劳拉和玛丽在马车里坐了好久,腿都发麻了,现在也都起来活动活动。

"这儿应该就是尼尔森家了,他的家离小溪有半英里远,看,小溪就在那儿,离这里正好半英里。"爸说。

劳拉根本就没注意小溪,她被一望无际的草原吸引了。那两岸的绿草和岸高处的柳树梢,正在微风中翩翩起舞。

爸环顾了马车附近,"没有看到房子,好像只有个牛棚。"爸说。

劳拉忽然发现马儿旁边站了个陌生人,这让她吓了一跳。这个不知道从哪儿变出来的陌生人,泛黄的头发,红红的圆脸像个印第安人,苍白的眼睛,让人觉得害怕。杰克朝他"汪汪"地叫了起来。

爸制止了杰克,问道:"您是汉森先生吗?"

"是的。"那个人回答。

爸缓慢而大声地问:"您是要到西部去吗,那么您的土地卖吗?"

那个人瞅了瞅我们的马车和马,慢悠悠地回答:"卖。"

爸从马车上下来,妈告诉姑娘们休息一下。

劳拉从马车上跳了下来,向着远方的一条小路跑去。杰克也被惊起,因为没有爸的许可,它只能眼巴巴地看着劳拉跑远。

小路是被人在草地上踩出来的，一直通往小溪岸边。阳光下，小溪里的水潺潺流动着，泛出粼粼波光，那排柳树就在小溪的对岸。

小路在小溪的岸边拐了一个弯，绕开溪水继续往下，一直通到一处草岸的底下。劳拉沿着小路，一步一步往下走，背后的草岸越来越高，遮住视线，劳拉只能看到头上的白云和身边的溪水。走到一片平地时，小路消失了，小路的尽头出现一道门，从门口到小溪边铺设了一道阶梯。

这道门直立在草岸下，仿佛是一个窑洞的门，穿过这道门，就是地下了。此刻，这道门紧锁着。

门前蹲着两只狗，丑丑的样子，它们看见了劳拉，慢慢站了起来。

劳拉吓坏了，飞快地往草岸上跑，一直跑到马车旁，跑到玛丽身边，才放下心来，轻声地对玛丽说："地下有扇门，还有两只狗……"她小心地看看后面，呀，两只狗追过来了。

杰克露出锋利的牙齿，愤怒地朝两只狗叫着。

爸问汉森先生，"那是您的狗吗？"汉森先生转过头去跟狗说了一些话，狗就跑开了。不过劳拉没有听懂他说了什么，那两只狗应该明白。

爸和汉森先生慢慢地朝牛棚走去。牛棚很小，不是木头做的。牛棚上新生的草，生长在棚的四面墙和顶上，随风摆动着。

劳拉、玛丽和杰克都站在马车旁。草原上，绿色的草和黄色的花，都被吹弯了腰，朝着她们点头。小鸟在天空和草丛间飞翔。天空像一座高高的拱桥，飞架在地平线的两端。

爸和汉森先生回来了。她们听见爸说："汉森先生，今晚我和家人就先在这露营了，等到明天咱们去城里把协议签了，这样可以吗？"

"好的，好的！"汉森先生回答。

爸把劳拉和玛丽抱上车，他一边赶着马车，一边对妈说："我把佩特和帕蒂给了汉森先生，用来交换他的土地。用班尼、骡子和篷车交换汉森先生的庄稼和耕牛。"佩特和帕蒂就是正在拉车的两匹马。

到了宿营地，爸停下马车，给佩特和帕蒂解了套，把它们拴在小溪边，让它们喝水。爸走回来帮妈扎帐篷。劳拉一直闷闷不乐，一句话都不说。晚上，全家人围着篝火吃晚饭，劳拉却一点也没有胃口，更无心玩耍。

爸对妈说："卡洛琳，这是我们最后一次在外面睡，明天我们就能安定下来，我们的房子就在小溪的岸边。"

在梅溪边
On the Banks of Plum Creek

"得了吧,查尔斯,那不过是一个地洞罢了,我们可从没住过地洞。"妈说。

"挪威人都爱干净,他们把地洞收拾得很舒服,冬暖夏凉,正好用来度过这个冬天。"爸这样解释。

"这倒是,无论如何,我们必须在大雪来临前安好家。"妈说。

"只要我能够成功收获第一季小麦,"爸说,"我就可以买马甚至是马车,你们也可以住好房子了。卡洛琳,这儿的土地平坦肥沃,非常适合种小麦啊,甚至连一棵树和一块石头都没有,实在是太适合我们耕种了。汉森先生只耕种了那么一小块地,并且种的麦子又瘪又轻的,我真是搞不懂什么原因啊。我觉得这种情况,不是碰上了旱灾,就是他不会种地。"

离篝火较远的地方,佩特、帕蒂和班尼正清脆利落地吃着草。它们已经被卖掉了,可是它们自己却不知道,依然带着平静而安宁的神情,摆动着尾巴,边咀嚼着草边抬头看夜空,夜空中闪烁着淡淡星光。

劳拉七岁了,已经算是个大姑娘了,哭鼻子不是大姑娘该做的了。但她还是忍不住问:"爸,佩特和帕蒂一定要给他吗?爸,是一定要吗?"

爸爱怜地把劳拉拉到身边,抱着她。

"怎么啦，小宝贝，"爸说，"佩特和帕蒂是印第安小马，它们喜欢旅行，不适合耕种。跟着汉森先生去西部，它们更快乐，而留在这里，它们会很辛苦。你也不希望它们受苦吧。所以让它们继续向西走吧，换来那些壮实的牛，这一大片土地，我就可以好好开垦，为明年春天种好小麦做准备。"

　　"只有小麦收成好，我们才会有很多钱，劳拉。有了钱我们就可以买马，买新衣服。想买什么就可以买什么。"

　　劳拉还是不说话。爸搂着她，她感觉好了很多。但她还是希望佩特、帕蒂、班尼和长耳朵的小骡子能够留下，为此，她宁愿什么都不要。

地洞小屋

一大早，爸就将套马栓和车篷安到了汉森先生的马车上，然后他们一起将汉森先生的东西从地洞里搬了出来，拿到岸边，打好包，放进了汉森先生那已经装好车篷的马车里。

劳拉家的东西，汉森先生想要帮爸一起搬进地洞，但是妈说："算了，查尔斯，咱们的东西等你回来再搬吧。"

于是，爸将佩特和帕蒂套在了汉森先生的马车上，把班尼拴在马车的后面，然后汉森先生带着三个小家伙就一

起进城去了。

佩特、帕蒂和班尼渐行渐远,看着它们,劳拉的眼睛和喉咙都感到刺痛。佩特和帕蒂的脖子弓着,头低着,它们的鬃毛和尾巴,被风拂过,仿佛是麦浪和秀发一样。它们不知道自己永远回不来了,依然欢快地跑着。

一排排的柳树下,是潺潺的流水声,那是小溪在欢快地流淌,犹如美妙的歌声;岸上的小草,被微风吹弯了腰。阳光灿烂,马车周围是一大片即将被开垦的土地。

他们首先要做的,就是将杰克从车轮上解开。由于汉森先生的两条狗已经走了,杰克可以随意跑向任何地方。它非常的欢快,想要舔劳拉的脸,就跳到了劳拉的身上,这却让劳拉狠狠地摔坐在地上。接着它就沿着小路向下跑去,而劳拉也在后面紧紧追着。

妈抱起卡莉说:"走,玛丽,咱们看看地洞里去。"

杰克跑到了门前,它是第一个到的,门虽开着,但它并没有进去,只是向门里望了望,然后在门口等着劳拉。

门的四周,到处是长得比草岸还高的青藤。青藤上,开满了五颜六色的牵牛花,争奇斗艳,盛开着,仿佛是在赞扬着清晨的荣耀。

牵牛花的下面就是地洞,劳拉从这里走进去。地洞里面是一个房间,四周都映衬着白色。土墙被刷白了。泥巴

在梅溪边
On the Banks of Plum Creek

做的地面是又硬又平的。

妈和玛丽到了,她们一站到门口,屋里的光线就变暗了。门旁有一小扇窗户,糊了纸,但是光亮只能透过窗户照射到离窗子不远的地方,因为墙太厚了。

前面的墙,是汉森先生用草皮做的。他挖了这个地洞来作为自己的房子,他曾从草原上砍了许多长条的草皮,一张一张连在一起的草皮被汉森先生做成了一堵墙,它就是前面的墙。墙一点儿缝隙都没有,很厚很结实。就算是一丝冷气也穿不过来。

妈很高兴,说:"虽然这儿的地方是小了点儿,但是感觉很干净也很舒服。"说完她抬头向屋顶看了看,叫起来,"看,姑娘们!"

屋顶是由干草做成的。柳树条被编在了一起,交叉着的柳树枝铺在洞顶上。压在屋顶的干草,透过树枝还是可以看到。

"到外面去看看吧。"妈说。

她们来到了小屋的房顶,也就是坡岸,却没有人能想到,原来这就是小屋的屋顶。上面长满了草,在随风飞舞着,就像小溪岸边的草一样。

"天哪,"妈说,"人们从这儿走过,也许都不会知道,这儿是一个屋顶。"

但是劳拉，她貌似是发现了什么。弯下腰，将草用手扒开，然后叫了起来："这儿是个烟囱洞！快看啊，玛丽！看！"

妈和玛丽都来看，卡莉钻出妈的怀抱，探出头来，杰克也挤了过来看。从洞口望下去，她们能看到草丛的下面刷白的房间。

她们一直往下瞧。然后妈说："在爸回来之前，我们要把这里打扫干净，玛丽、劳拉，去把水桶拿过来。"

玛丽和劳拉，一人拿大桶，一人拿小桶，一起顺着小路向下走。杰克在前面跑着，跑到门口后就在那儿站定了。

妈找到了一把柳条做的扫把，她是在一个角落里发现的，因此就用扫把非常认真地刷起墙来。卡莉在岸上，玛丽在看着她，免得她跌到小溪里去，劳拉提着小水桶，蹦蹦跳跳地跑下阶梯，到小溪边打水。小溪上，是一座用一块大木板做成的小桥，小桥一直连接到一棵柳树下。

又细又长的枝条长在高高的柳树上，正在空中随风舞蹈。大柳树周围是小柳树，绿荫成行。柳树把阳光遮挡住了，阴影为地面带来了凉爽的感觉。小路从这里穿过，通向一眼泉水。泉水清凉透彻，从一个小池塘流过，然后缓缓地注入小溪。

劳拉把小桶装满水，拎起来，高兴地走过独木桥，再

在梅溪边
On the Banks of Plum Creek

跑上阶梯,独木桥上洒满了阳光。跑了一趟又一趟,劳拉不停地把盛满水的小桶倒向大桶,大桶放在门里边的凳子上。

然后,她帮妈一起到马车里搬东西,把差不多全部的东西都搬了下来,放进了地洞小屋里。就在这个时候,爸匆匆忙忙地从草岸上跑下来,手里握着小锡炉和两个火炉管。

爸将手里的东西放下,说道:"哎呀,真是太棒了,我拎着它们走了三英里就回来了。卡洛琳,咱们这儿到城里只有三英里远啊,去城里就像是去散步一样。真是太好了,汉森先生到西部去了,以后这个地方就属于咱们了。你喜欢这个地方吗,卡洛琳?"

"喜欢啊,但是床的问题你考虑如何解决,我可不愿意睡在地上。"妈说。

"为什么不能睡在地上呢?"爸问道,"我们以前也都是睡在地上啊。"

妈说:"这是不同的,这儿是个屋子,我可不想睡在屋里的地上。"

"没关系,那好办。"爸轻快地说道,"过一会儿我就去砍些柳树枝回来,垫在床下,今天咱们先睡一晚。明天我再去找些直的柳树干来,用它们做两张床架。"

爸吹着口哨，拿着斧子，走过屋顶，然后走下屋顶那边的斜坡，就来到了小溪边。小溪边有一个小溪谷，两岸是葱郁的柳树。

劳拉紧跟在爸的后面奔跑着，气喘吁吁地说，"爸，我给你帮忙来了，我能搬动一些。"

爸低下头慈爱地看着劳拉，说："哦，当然，可这种男人干的体力活是不用帮忙的。"

爸经常说，如果没有劳拉，他有时候真不知道该如何是好。在印第安保留区时，劳拉帮着他做过木屋的门，现在她又帮他把枝叶繁盛的柳树枝搬到地洞里面去，在小屋里铺好。然后，她还要跟着爸到牛棚去。

牛棚的四面墙是用草皮做成的，棚顶则是将柳树枝和干草搭在一起做成的，上面还铺了草皮。棚顶很矮，爸在里面无法站直，一站直就会碰到头。牛棚里有一个牛槽，是用柳树条做成的。牛槽的旁边拴着两头牛。

一头牛个头比较大，有着灰色的毛，短短的牛角，很温顺的样子；另一头个头比较小，牛角又细又长，通身棕红色，很鲜亮，这一头牛看起来很凶猛。

爸跟那头小牛打招呼，"你好啊，布莱特。"

"还有你啊，皮特老兄，最近好不好啊？"爸轻轻地拍着那头大牛，对他说。

在梅溪边
On the Banks of Plum Creek

"劳拉,别挡住路,到后面去,咱们出去遛遛它们,再带它们去喝点儿水。"爸说。

爸把绳子绑在牛角上,然后从牛棚里把它们牵出来。牛跟在他后面缓慢走下了坡,走到一条平坦的小路上,小路从一片绿色灯芯草中穿过,一直通到小溪的岸边。劳拉跟在后面走。牛的腿很笨拙,蹄子很大,中间有个裂缝,鼻子又宽又湿润。

劳拉在牛棚外等着爸把牛在牛槽上拴好,然后一起回地洞。

她小声地问:"爸,佩特和帕蒂去到西部,它们真的会喜欢吗?"

"是的,劳拉。"爸这样说。

"哦,可是,爸,"她有些颤抖地说,"我觉得,我不怎么喜欢牛。"

爸用宽大的手握住她的手说:"劳拉,我们不要发牢骚,而是要尽力而为。我们必须把我们该做的事做好,这样,很快,我们又会有马的。"

"那是什么时候,爸?"她问道。

爸说:"我们的第一季小麦收获后。"

然后他们走进了地洞小屋。妈的心情不错,玛丽和卡莉已经洗漱好了,所有的东西也都收拾整理好了。柳树枝

垫在床下，晚饭也做好了。

　　门前有一条小路，吃完晚饭，他们都坐在小路上。爸和妈坐在箱子上，卡莉想要睡觉了，趴在妈的怀里。玛丽和劳拉就在硬硬的地面上坐着，脚在陡沿上悬着。杰克不知道在哪儿好，转了三圈，还是选择躺了下来，将头靠在劳拉的膝盖上。

　　他们安静地坐着，看着远处的太阳慢慢地从西边落下，最后消失在远处的草地上。

　　"这一切是多么的宁静，"最后，妈长吸了口气说，"今晚再也听不到狼和印第安人的嚎叫，这种安宁和平静，我真是很久没有享受过了。"

　　正值黄昏时光，天空里都充满了宁静与祥和。暮色里，柳树轻轻呼吸，溪水低声自语。深灰色的是大地，浅灰色的是天空，星星，在天空中调皮地眨着眼睛。

　　"到睡觉的时间了。"妈说，"我们之前从来没有睡过地洞，这种感觉还是挺新鲜的。"爸和妈都轻轻地笑了起来。

　　劳拉在床上躺着，外面传来潺潺的流水声和沙沙的柳树声。她宁愿睡在外面听狼的嚎叫，也不愿意睡在这个安全的地洞里。

灯芯草和香蒲草

每天，只要做完家务，玛丽和劳拉就可以到外面去玩了。

门前，牵牛花在怒放，它们用尽力气，想要挣脱绿叶的怀抱。梅溪的四周，小鸟在叽叽喳喳叫着。有时候会有一只鸟儿在歌唱，但大多数鸟儿都在轻声低语。"唧唧，唧唧，唧唧。"一只鸟说。另一只鸟接着说："吱吱，吱吱，吱吱。"另外一只鸟笑着说："哈哈，哈哈，哈哈。"

玛丽和劳拉从屋顶下去，沿着小路来到了爸让牛喝水

的溪边。

溪边，灯芯草和蓝色的香蒲草在茁壮生长着。每天早上，蓝色的香蒲草都会有新草叶长出来。在绿色的灯芯草的映衬下，它们显得更蓝更好看了。

每棵香蒲都有三朵花絮，毛绒绒地卷曲着，仿佛是带撑裙箍的女士裙子。劳拉把花掰开，发现里面有三枚蕊，细细白白的，每枚蕊上都有一条金色的草皮。

有时候，会有一只大黄蜂，在香蒲上"嗡嗡"地飞舞，大黄蜂一身黑毛绒带着金色的斑纹，肥肥的。

溪岸平坦，周围是潮湿柔软的泥巴地。有各种色彩的可爱蝴蝶在周围盘旋，淡黄色的、淡蓝色的，时不时飞到小溪饮点儿水。还有欢快地闪动着翅膀的蜻蜓在飞来飞去。劳拉的脚趾头上沾满了泥，在她、玛丽、还有牛儿走过的地方，都留下了点点泥迹。

她们来到浅水区戏水，脚印很快就消失了。一开始，能看到脚下升起的像烟一样的漩涡，清水流过来就把漩涡冲散了。接着，脚印就慢慢地不见了，清水把脚趾头间的泥巴冲走，只有脚后跟处还能看到一个小水坑。

水里有些小到几乎看不见的小鱼，当它们游得很快时，会看到偶尔泛出白白的肚皮。小鱼儿成群地游过来，劳拉和玛丽站着不动，小鱼儿啄着她们的脚，痒痒的。

在梅溪边
On the Banks of Plum Creek

水蝎的腿很长,当它们在水面上滑行时,每到一处,都带起一片涟漪。水蝎在水里游得飞快,几乎很难看到,没等你看见,它们就游得不见了。

灯芯草在风中发出寂寞的声音。它们长得圆圆的,一节连着一节,摸起来硬硬的,不像小草那样看起来柔软平顺。一天,劳拉涉水到一个深水区,岸边生长着灯芯草,她想要借助一簇大的灯芯草爬上岸去,灯芯草竟然"吱"地响了一声。

这把劳拉吓得好一会儿才回过神来。她又抓住一簇,灯芯草又响了一声,变成两截了。

灯芯草是被一些小空心茎连在一起的,把它们拉断和合拢时都会"嘎吱"响一声。

劳拉和玛丽为了听它们的"嘎吱"声,就故意拉断灯芯草。小的空心茎,她们就连在一起做成项链,大的则连在一起做成长长的吸管。她们用这种吸管在小溪里吹泡泡玩,还吓唬小鱼,对着溪里的小鱼吹气,把它们都吓跑了。她们渴了的时候,就用长长的吸管吸水喝。

等到玛丽和劳拉回家,准备吃晚饭时,浑身都是泥巴,脏兮兮的,脖子上还戴着绿色的项链,手里握着长长的绿色吸管。妈看着她们哈哈大笑。她们带回来一束芳香的蓝香蒲给妈,妈当作装饰,摆在桌上。

"我说,你们两个在小溪里玩了这么久,一定会碰到水蝎的。"妈说。

她们在小溪里玩,爸和妈并不担心。只是不让她们单独去上游那个叫小柳树谷的地方。那儿是一个很深的黑水潭,是小溪转弯形成的。她们不能靠那儿太近,甚至连看一看也不可以。

爸向她们保证:"有时间我带你们去那个水潭。"然后,爸在一个周末的下午,告诉她们去水潭的日子来到了。

黑 水 潭

劳拉和玛丽在小屋里将身上所有的衣服都脱下来，换成打了补丁的旧衣服。妈戴着太阳帽，爸抱着卡莉，全家人一起向黑水潭出发了。

他们从牛进出的小路和灯芯草丛走过，经过柳树谷和梅树林，走下一个陡峭的草岸，再从一块平地穿过，平地的草很高很茂盛，然后从一堵几乎垂直的高土墙爬过，墙上寸草不生。

"那是什么，爸？"劳拉问。爸回答说："哦，那是台

地，劳拉。"

爸扒开又厚又高的草，在最前面走着，妈、玛丽和劳拉跟在后面。突然，她们的面前出现了一条小溪，高高的草丛不见了。

小溪闪闪发亮，从洁白的沙砾淌过，潺潺地流入一汪宽阔的水潭，它蜿蜒着，一直延伸到低岸，低岸边长满了浅草。柳树则生长在水潭的另一边，绿色的柳叶在风中舞蹈，从倒映的水面看过去，仿佛是一幅美丽的画卷。

劳拉和玛丽下水潭去玩了，妈在草岸上坐着，照看着卡莉。

"就在潭边待着，水深的地方不可以去，姑娘们。"妈吩咐她们。

水漫过来，漫到她们的裙摆上，裙摆浮在了水面。裙子是印花布的，被水打湿了会紧贴在腿上。劳拉一直向深处走，水位越来越高，都快到她的腰了，她蹲下去时，水就会漫到她的下巴。

周围的环境凉爽宜人，一切都是湿漉漉的，好像还在晃动。劳拉感到脚似乎飞离了溪底，感觉轻飘飘的。她单脚一蹬，用手在水中划起来。

"喂，劳拉，快停下。"玛丽大叫。

"不可以再往远处走了，劳拉。"妈也说。

在梅溪边
On the Banks of Plum Creek

劳拉还是不停划着水。她使劲一划,双脚从水中漂起来了,胳膊轻松地晃着,头沉到水下去了。她很害怕,周围没有什么东西可以让她抓住,到处都是软软的。突然她又站起来了,全身上下都滴着水,但她站稳了脚。

她们都没看见刚才的场景。当时玛丽正在卷自己的裙子,妈正陪卡莉玩耍,爸也不知道去哪儿了。劳拉快步地走下水,越走越深,慢慢地,水漫过她的腰,随即就漫到了胳膊。

突然,有东西在深水下抓住了她的脚。

那东西使劲把她拉到深水中,不能呼吸,也看不见,手拼命地拍打,也抓不到东西。她的耳朵、眼睛和嘴巴里都是水。

突然,她的头又浮出了水面,在爸的头边紧靠着。原来是爸把她托了起来。

"哎呀,你跑得太远了,小宝贝。"爸说,"刚才是什么感觉?"

劳拉先喘了口气,根本顾不上说话。

"你妈嘱咐你待在岸边,你没有听见吗?"爸说,"不听妈的话就要受惩罚,刚才就是我对你的惩罚,这样你下次才会听话了。"

"嗯,是的,爸。"劳拉刚缓过劲来就急忙对爸说,

"哦,爸,我还想再来一次!"

爸说:"好的,一会儿我——"爸哈哈大笑起来,笑声响彻柳林。

"我拽你脚时你不害怕吗?都没有听见你叫喊呢。"爸问劳拉。

"我——我都吓坏了!"劳拉边喘着气边说,"但是我还想再来一次!"然后劳拉又问,"爸,你是怎么潜到水底的?"

爸说他是从柳树那儿潜水过来的。他们还要去岸边陪玛丽玩耍,所以不能一直待在深水中。

那天几乎一整个下午,爸和劳拉、玛丽一直在水里玩。他们涉过水潭,打水仗,每当劳拉和玛丽朝深水区靠近,爸就把她们往水里拽。玛丽被往水里拽了一回就不敢再往深水区去了,而劳拉被沉了很多次才老实。

到了该做家务的时间他们才回家。他们浑身上下都湿透了,顺着小路走,从高高的草丛穿过,然后到了台地下,劳拉想到台地上去玩会儿。

爸先爬上去一点儿,然后再将劳拉和玛丽往上拽。有干燥的泥土滑落下来,还有草根杂乱地垂下来,散落在头顶上凸起的边缘。爸将劳拉拉上来放在台地顶上。

台地就像一张桌子一样。草丛已经很高了,但是它比

在梅溪边
On the Banks of Plum Creek

草丛还要高,高高地隆起。台地顶部是片圆形的平地,上面长着又矮又软的小草。

爸、劳拉和玛丽站在台地顶,向草原望去,能看到下面的草尖和草原远处的水潭。他们的视线一直延伸,直到天空的尽头,将整片草原尽收眼底。

然后,他们又从台地上滑下来,回到平地上,继续朝家里赶去。那天下午,他们玩得可开心了。

"那里确实是挺好玩的,"爸说,"但是你们两个一定要听话,我不在的时候,绝不能靠近那个水潭。"

奇怪的动物

此后的一天，劳拉的脑子里一直回想着柳树下那一汪碧绿的水潭，那些水是那么好看，又是那么清凉。不过，她记得爸的话，不要单独去那里。

劳拉在炙热的太阳底下玩耍，爸有事出门了，妈和玛丽待在地洞里不愿意出来。小草已经被太阳烤得抬不起头，似乎立马就要枯死了。太阳简直太大了，连劳拉周围刮着的风也带着散不尽的热气。劳拉穿过柳树谷，在长满小黄花的草原上玩耍。

在梅溪边
On the Banks of Plum Creek

劳拉想起了那一块台地。她想爬上去看看,爸又没有说不准去台地。

劳拉从陡峭的堤岸跑了下来,穿过一块低地和一片茂盛的草地,终于来到了挺拔的台地前。对她来说,想要爬上台地不是一件容易的事情。地很滑,劳拉用膝盖抵住地,同时,手抓着草艰难地往上爬着。好不容易到了台地的顶端,劳拉脚一蹬,打了个滚就上去了。不过她浑身已经被弄脏了,衣服上沾满了很多泥土。

劳拉才不会管这些,她兴奋地跳了起来。站在台地的顶端,她看到了那一汪水潭,它被几棵柳树遮住。劳拉很想去那透凉碧绿的水里玩耍一会儿,但是她记得爸的话:不能独自去。

台地很宽很大,似乎一望无际,这让人感觉很无趣。如果爸在的话,这里将是一个很有趣的地方,但现在仅仅只是一块平地而已。

劳拉有些渴了,她想回去喝点水。她从台地的一侧滑了下去,顺着之前来的路往回走。穿过高大的草丛时,炙热的空气让劳拉觉得在火中漫步,异常难受。可是,这里离地洞还有好远一段距离呢,虽然她早已渴得嗓子都要哑了。

劳拉的脑海中明明记得爸的嘱咐,可她还是突然一转

身，朝那一汪凉爽的水潭走去，步履匆忙。劳拉就想去看看那汪水潭，除此以外不去其他地方，看着它，心里或许会感觉好受点儿。

劳拉走在爸出去时走的那条路上，脚步飞快。突然，前面出现了一只动物，它就站在路中央，挡住了劳拉的去路。

劳拉赶紧后退了几步，她不认识这种动物，她盯着它，它也抬头看着她。它和杰克的身体长度差不多，耳朵很小，扁扁的平头，身上的毛又长又灰，四肢还特别短。

劳拉怔怔地盯着它，就当双方相互对视着一动不动的时候，那只奇怪的动物突然变样了，它变得又宽又短，最后直接平铺到了地面上。没一会儿，它就变得像一张纸皮一样，傻呆呆地贴在草地上。这只奇怪的动物根本就不像一只完整的动物，因为它最后只剩下了两只瞪着劳拉不放的眼睛。

劳拉弯腰捡起了一根柳树棍，她觉得这下有安全感多了，她弯着身子，拿着树棍，看着地上那张像纸一样灰色的毛皮。

她没动，它也没动。劳拉用柳树棍子轻轻地戳了它几下，她觉得，没准它又会变成其他奇怪的形状。

在梅溪边
On the Banks of Plum Creek

这一戳可不得了，本来安静的它突然大叫一声，眼睛里冒出火色的光，咧开嘴露出白色的锋利牙齿差点儿咬到劳拉。劳拉吓得要命，一转身就开始没命地往地洞方向跑去，直到跑到了洞口才停歇。

见到满脸大汗的劳拉，妈有些担心地说道："我的天啊，劳拉，如此热的天，你这么疯跑是会中暑的！"

玛丽是个很听话的孩子，那一天她都待在家里学习妈教给她的单词。

劳拉则和玛丽恰恰相反，她没有遵守诺言，背着爸去了那个深水潭。不过没有人看见她去那里，除了那只奇怪的动物。虽然它无法向爸告密，但是劳拉心里还是很不是滋味。

那天晚上，劳拉失眠了。爸和妈在屋外的星空下看星星，爸拉起了小提琴。

妈对劳拉说："劳拉，快睡觉吧。"耳边响起了爸优美的小提琴声。爸的影子在夜空下被拉得老长，他手上的琴弓像一只美丽的鸟儿一样在月色下飞舞着。

所有的一切都是那么美丽而和谐。可是劳拉的心里却很难受，因为她没有信守和爸的约定。不遵守诺言，不诚实，就像撒谎一样让人讨厌，如果爸知道了，他会惩罚劳拉的。劳拉很希望自己没有违背和爸的约定，可是她已经

那么做了。

爸借着夜空美丽的星辰继续弹奏小提琴,爸的技艺很不错,曲子很动听,十分悦耳。

劳拉从床上溜了下来,连鞋子都没有穿,就那么光着脚丫子来到了爸的身边。她再也无法继续隐瞒下去了,爸还一直以为自己是个很听话的孩子。

劳拉低着头,虽然她看不到爸的脸,但是她知道他在看着自己微笑。爸拉完最后一个音符,问劳拉:"我可爱的小劳拉,你这是怎么啦?你知道吗?你穿着白色睡衣站在夜晚里的样子,就像一个小幽灵。"

劳拉依旧低着头,声音有些发颤,她小声地向爸承认着错误:"爸,我今天差点儿去了那个水潭。"

爸惊讶地尖叫了起来:"你说的不会是真的吧!"没过多久,声音又缓和了下来:"你最后为什么又没有去?为什么又回来了呢?"

劳拉把在路上遇到那只奇怪动物的事情和爸说了:"它一身灰色的毛,它的尖叫声很吓人,它还能变得像纸一样扁平。"

"是一只獾。"爸若有所思。

爸和劳拉都没有说话。虽然在黑暗中看不清爸的脸,但是她挨着爸的腿,能感受到爸强壮而慈祥的气息。

在梅溪边
On the Banks of Plum Creek

最后还是爸开口说话了,他叹了一口气:"劳拉,我不知道接下来该怎么做了。我是相信你的,一个让人无法相信的人是很难对付的。你知道怎么对付那种人吗?"听爸这样一说,劳拉有些害怕了:"不知道。"

爸说:"这种人需要被看着,因此你也需要被看着。不过我没有时间看你,因为我要去尼尔森家做事。这个任务就交给你妈了,明天你哪儿也不能去,就待在家里,一整天都不能离开妈的视线。如果你做到了我说的,你就还是我们所相信的那个好姑娘劳拉。"说完,爸又转过去问妈的意见:"你觉得呢?卡洛琳。"

妈走了过来:"我支持你这么做,查尔斯。我相信劳拉会很听话的,明天一天都会待在家里。走,劳拉,该去睡觉了。"

接下来的一天,既漫长又无聊。

劳拉一直待在地洞里,连去帮妈打水这种事情都不允许,因为那样就离开妈的视线了。妈在做针线活,打水的事情交给了玛丽。玛丽打完水之后又带着卡莉去外面散步了。而劳拉除了待在家里,哪里也不许去。

杰克欢腾地闹了起来,它跑到小路上摇着尾巴回头对着劳拉笑了起来,意思是叫劳拉带它出去玩。可是它根本不知道劳拉不搭理它的原因。

劳拉的手一直没有停过，她帮妈干了很多活：铺床、扫地、洗碗、摆桌子。午饭的时候，劳拉低着头独自吃妈送到面前的食物。吃完之后劳拉去洗碗，然后她又将被单中间的破布取了下来，妈拿了一块平整的细布过来，将它用别针别在破掉的地方。劳拉以为，今天剩余的时间，自己就将循环往复地进行缝补被单的动作了。

终于，妈停了下来，她要去准备晚餐了，她对劳拉说："你今天的表现很棒，我会和你爸说的。明天咱们去找那只獾吧，是它救了你，要不然你可能早就淹死了。要是你去了那个水潭，就会去下到里面，你到了水里就会变得淘气，这样就会越陷越深，水会把你吞噬，会出意外事故的。"

劳拉总算明白了妈的话："我知道了，妈。"

一天就这样结束了，劳拉没有看到日出，也没看到白云投在草地上的影子；牵牛花和香蒲草都凋落了她也不知道。这一整天劳拉也没有看到缓缓流过的小溪，以及小溪里面的鱼儿，游走的水蝎。

劳拉突然就明白了，做一个听话的好孩子，比做一个需要人看着的坏孩子好玩多了。

隔天，劳拉带着妈去那条小路上寻找那天发现的獾。

在梅溪边
On the Banks of Plum Creek

妈发现了一簇草丛遮住的洞。那是獾的洞。劳拉冲着圆圆的洞叫唤,希望獾能出来。

但是,圆圆的洞口一直没有动静。从此,劳拉再也没有见过这只灰色的獾了。

长着玫瑰花斑点的小奶牛

向远处望去,牛棚那儿有一块很长很长的灰色岩石,它就如同在风中摇晃的花草一样有趣。岩石很宽很大,没有沟壑,即使劳拉和玛丽手拉着手在上面奔跑也没有问题。没有什么地方比这儿更适合玩耍了。

岩石上简直太有趣了,很多小蚂蚁在长满青苔的地上四处闲逛,勤劳的蝴蝶也会偶尔停在上面歇息。蝴蝶的翅膀一张一合,劳拉盯着它想:蝴蝶是靠翅膀呼吸的吗?劳拉看得很仔细,蝴蝶的触角和那些如头发一样细小的足,

在梅溪边
On the Banks of Plum Creek

甚至它那没有眼皮的眼睛,她也看得清清楚楚。

劳拉从来不会去碰蝴蝶,她明白,蝴蝶翅膀上有一层看不到的鳞片,只要一掉落,蝴蝶就会受伤。

草原阳光明媚,劳拉站在岩石上沐浴着阳光。随风弯腰点头的草儿、歌唱的鸟儿,以及勤劳的蝴蝶都被和煦的阳光照射着。天边,有好几个黑点在慢慢地移动,那是在吃青草的牛。柔和的风儿一直未停歇过,它吹拂着布满阳光的草原。劳拉感到非常愉快和惬意。

劳拉和玛丽还没有在早上的时候去过岩石上面。太阳落山后她们就得回家去,牛群在早上和傍晚的时候会从这儿走过。

男孩约翰尼跟在牛群后面,他有一张圆嘟嘟红彤彤的脸,大大的眼睛是天蓝色的,他还有一头淡淡的黄头发,白人特有的那种。当牛群踏过草原的时候,他会朝劳拉和玛丽露出笑容。劳拉和玛丽说的话他听不懂。他们无法交流。

傍晚,爸准备带正在溪边玩耍的劳拉和玛丽去看看那块岩石。此时,约翰尼正要赶着牛群回家。

劳拉这下可高兴坏了,她还从来没有和牛群这么近距离接触过。有爸在她什么也不用担心。玛丽则不同,她紧紧地挨着爸。

牛群的叫声越来越清晰，它们先露出了那横冲直撞无所顾忌的角，紧随其后劳拉又看到了它们奔跑卷起的那一层层尘土。牛群越来越近了。

"牛群要来了，快去岩石上！"爸将劳拉和玛丽用手托举到了大岩石上。三人开始观看牛群。

牛群像洪水一样蜂拥而至，它们的颜色各种各样：红的，白的，黑的，棕的，斑点的。它们看起来似乎很危险，眼睛转动着，鼓得很大，舌头舔舐着鼻子，拱着头，似乎打算用头上跋扈的角在地上钻出几个洞来。不过，劳拉和玛丽不用担心，她们站在岩石上，牛群上不来。爸则靠在岩石边观看牛群。

在牛群的最后，劳拉和玛丽看到了一头非常漂亮的小奶牛。她们还从未见过这么好看的奶牛。

小奶牛的身体是白色的，耳朵是红色的，小牛角向里面卷曲着，在额头的中间还有一块红色的小斑点。那个卷曲的小牛角正好对着额头中间这片红色的斑点。这块圆斑和玫瑰花的大小差不多。

玛丽兴奋地手舞足蹈。劳拉大声叫着："噢！爸，你快看，你快看！那头奶牛的额头上有玫瑰花一样的斑点！"

爸帮约翰尼把那头漂亮的奶牛赶出了牛群，他笑着对劳拉和玛丽说："可爱的姑娘们，过来帮我一起把它赶到牛棚里去。"

劳拉兴奋地从岩石上下来了,她一边赶着牛一边问爸:"为什么要把它往牛棚里面赶呢?我们要喂养它吗?"小奶牛被爸关进牛棚后,爸回答劳拉说:"它以后就属于我们了。"

听完爸的话,劳拉转身冲向了地洞,她一边跑一边喊:"妈,妈,快出来看啊,我们家现在有一头奶牛了,它是世界上最漂亮的奶牛!"

妈抱着卡莉从地洞走了出来,她喊道:"查尔斯。"

"喜欢这头牛吗?卡洛琳。"爸说,"它现在属于我们家了。"

妈说:"我很喜欢,只是,它是从哪里来的?"

"是我给尼尔森家干活换来的,他需要有人帮他收麦子割草。"爸说,"以后我们就有面包和黄油了,这是一头会产奶的奶牛。"妈也很开心:"是吗?这真是太好了,查尔斯。"

劳拉实在太兴奋了,她又转身跑向了地洞,从桌子上拿起属于自己的锡罐,返回到了牛棚。

劳拉走到奶牛面前蹲下,安静地看着它嘴巴不停地咀嚼着。爸已经将奶牛拴在了皮特和布莱特的旁边。劳拉一只手拿着锡罐,一只手抓住奶牛,模仿爸的样子有模有样

地挤起牛奶来。嘿,居然还有奶流到了锡罐里。

身后响起了妈尖叫的声音:"我的天啊,你这是在做什么!"劳拉回答妈:"我在挤牛奶,妈。"妈紧张起来了,声音着急地说:"牛奶不是那样挤的,小心它会踢你。"

小奶牛的样子的确看起来受到了惊吓,但是它并没有踢劳拉,只是温顺地盯着她。

"劳拉,挤牛奶要站在奶牛的右边,你要记住这一点。"妈似乎松了一口气。"快看这个小淘气,你是怎么学会挤奶的?"爸不知道从什么地方走了出来。

劳拉没有找谁学过挤牛奶,她看到爸挤奶就学会了。一股股牛奶流进了锡罐,它们在锡罐里发出奇怪的呼噜声。很快锡罐就装满了牛奶,牛奶冒着气泡,漫到了罐口。

劳拉一家人都喝了锡罐里面的牛奶,不过他们每人只喝了一口,其余的都给了卡莉。现在,一家人都心里暖暖地看着这头漂亮的小奶牛,慢慢地欣赏起来了。

妈问爸:"她有名字吗?"爸说:"当然有,哈哈,她叫瑞特。"妈念叨了一声瑞特的名字:"可是我为什么觉得这个名字有些古怪呢?"

爸解释说:"她之前的主人尼尔森给她取了一个挪威人的名字,我问那是什么意思,他说是瑞特。""可是瑞特究竟是什么意思呢?"妈继续问。

"我也问过尼尔森太太,"爸说,"她一直说'瑞特',似乎在她眼中我很愚蠢,最后她说是'玫瑰的瑞特'。"

"是花环,玫瑰花环!"劳拉突然叫了起来。

一家人都哈哈大笑了起来,似乎遇到了一件特别有趣的事情。

"我都有些晕了,住在威斯康星州的时候,我们周围的邻居有德国人和瑞典人,后来搬到了印第安保留区,四周又到处都是印第安人,现在我们在明尼苏达州,邻居又换成了挪威人。不过还好,他们和我们相处得都还不错。只是,我觉得我们这个民族的人似乎有点儿太少了。"爸说。

"依我看,咱们不要叫它瑞特了,也不要叫奇怪的玫瑰花环,干脆就叫斑点吧。"妈说。

牛跑到了屋顶

从此,劳拉和玛丽就有工作要做了。每天,太阳还没有升起来的时候,她们就要把斑点赶出来,在灰色的岩石那里等着小牛仔约翰尼的牛队,以便让斑点加入进去,和大部队一起吃草、嬉戏。傍晚的时候还得再去岩石那里等斑点回来,然后把它赶回牛棚。

清晨,草丛很潮湿,上面挂满了露珠,劳拉和玛丽穿过草丛的时候,这些露珠打湿了她们的裙裾和脚。两位小姑娘很享受光着脚丫被露水打湿的感觉,那让她们觉得很

在梅溪边
On the Banks of Plum Creek

有趣。她们还喜欢看太阳慢慢从东方升起来。

太阳还没有出现的时候,整个世界是静悄悄的,风儿也悄然屏住了呼吸。天空和挂满露珠的草都是灰色的,四周很暗。

很快,一道刺眼的光突然划破天空,从东方冒了出来。这道光能把空中的云装饰成粉红色的。此时的岩石很冰凉,劳拉和玛丽双手抱着膝盖坐在上面,下巴放在膝盖上,双眼紧紧地盯着天空的变化。但是,她们从来也看不到那粉色的天空。

杰克坐在下面的草丛里,它也在和劳拉玛丽一样,注视着天空。

最开始的时候,天空的粉红很淡,渐渐地颜色变得越来越深。那一团粉红也会随着太阳慢慢上升,变得越来越亮,像一团熊熊燃烧的火球,那些云也在这时候变成了金色的。在那团刺眼的粉色中,在大地的边缘,太阳露出了小小的一角,像一团好看的白色火焰。整个太阳这时候全部跳了出来,又大又圆,亮光强烈刺眼,似乎马上就要燃烧起来了。

劳拉受不了如此强烈的光,眨了眨眼,就在这一瞬间,整个天突然变成了蓝色的,金色的云也不知道去了哪里。太阳又变得和往日一样了,欢快地照耀着草原和草原

上热闹飞舞的鸟儿们。

傍晚的时候，劳拉和玛丽总是在牛群到达之前跑到岩石上等着。

爸又去帮尼尔森家干活了，没有活干的皮特和布莱特，与斑点和其他牛一起在草原上吃草。劳拉一点儿都不担心斑点，因为她觉得斑点很温顺。而皮特和布莱特长得却很高大，谁见了都会害怕。

不知道怎么回事，这天傍晚，本来温和的牛群突然发起怒来，它们一路狂奔，咆哮着踏过草地。到了岩石边，它们停住了脚步，围着岩石转起了圈，相互吼叫并开始厮打。它们瞪着大大的眼睛，看着对方，然后用头上的角攻击对方。这些角看起来虽然很小，却有很强大的杀伤力。

玛丽吓得立在了那里。劳拉也很害怕，但是她明白自己现在应该做什么。她冲下了岩石，她要把斑点、皮特以及布莱特都赶到牛棚里去。

牛群的战斗很激烈，四周到处都是尘土，它们吼叫着，后蹄蹬着，拱着头上的角相互搏斗着。约翰尼帮劳拉把斑点、皮特以及布莱特赶往牛棚，劳拉在它们的身后吆喝着。杰克也跑过来一起帮忙，它跟在后面狂吠着。没过多久，约翰尼就用手上的棍子让牛群安静了下来，它们都被赶走了。

在梅溪边
On the Banks of Plum Creek

斑点和布莱特先后进了牛棚，劳拉一颗悬在半空的心这下总算安定了下来。突然，本来要进去的皮特却转头跑开了。皮特的尾巴竖了起来，角也变成了钩子的形状，它跟在那群牛后面狂奔起来。

劳拉紧跑了几步，挡在皮特前面，嘴里一边吆喝一边使劲挥舞着手臂，想拦下皮特。但皮特不管不顾，像一支离弦的箭般朝溪边的方向奔去。

劳拉的腿没有皮特的长，根本就跑不过它，即使她很拼命。杰克也跟在后面奔跑，这样皮特就跑得更快了。

皮特跑到了地洞的屋顶上，它一只脚踩空，半个身子都陷了进去，看起来好像正坐在屋顶上。

皮特马上就要掉在妈和卡莉的身上啦，这样会吓坏她们的。这个责任需要劳拉承担，因为她没有管好皮特。

劳拉和杰克已经跑到了皮特的面前，而皮特一用力，也把那条陷进去的腿拔了出来。

劳拉和杰克一起将皮特赶进了牛棚里。劳拉全身颤抖，两条腿相互碰撞着，根本就站不稳。她将那些被皮特弄倒的栅栏扶正了。

皮特似乎没有造成多大的损害，只是屋顶上多出了一个洞而已。妈抱着卡莉从地洞里跑了出来。刚才皮特的脚掉了进去，把她吓坏了。"不过还好，没有造成更大的损

失。"妈说。

妈将掉进洞里的泥土木屑清扫了出来，然后又用了一些干草将那个破洞遮上了。然后妈和劳拉都笑了起来。这实在是一件非常滑稽荒唐的事情，牛居然跑上了她们的屋顶。这可不是谁都能遇得上的。

第二天，劳拉正在做家务的时候，有东西从墙上掉了下来。劳拉走过去一看，是泥土屑。劳拉抬头想看看是从哪里掉下来的，突然她警觉起来，立马往屋外跑去，跑得比兔子还快。瞬间，一块巨大的石头落了下来，屋顶倾倒了下来。

劳拉和妈，以及玛丽都被灰尘呛得打起了喷嚏。卡莉和从外面跑进来的杰克也打起了喷嚏。屋顶已经不在了，由于破了个洞，抬起头便能看到蔚蓝的天空。阳光从这个洞里照射了进来。

妈说："这件事非常好处理。"劳拉以为妈说的是如何处理满屋子的灰尘："怎么处理啊？妈。"

"很简单，"妈说，"明天你爸就会修好屋顶。"

劳拉和妈以及玛丽一起，把地上的石块泥土等东西都清理了出去。妈将地用柳条枝制作而成的扫把扫了好几遍。

那天晚上，这一家人睡在床上，居然看到了夜晚天空中璀璨闪烁的星辰。以前还从未遇到过这样的事情。

爸第二天天一亮就开始修复屋顶的洞，劳拉拿了许多柳树枝来，爸将这些柳树枝交叉放在屋顶上，然后在柳树枝上铺了很厚的青草。最后，爸又在最上面一层压了很多很长的草皮。一切都妥当之后，劳拉又和爸一起将这些柳条和草皮一起踩实。

"只需要几天，这些新铺的地方就会变得和其他地方一样。"爸说，"劳拉，你到时候肯定分不清哪里是屋顶。"

这次，爸并没有责怪劳拉，他只对劳拉说了一句话："我们家的屋顶，实在没办法让皮特这么大的牛在上面奔跑啊！"

麦草堆

干完尼尔森家的活后,爸就能收割家里的麦子了。爸把割麦子的镰刀磨得锋利无比,劳拉和玛丽都不允许碰它,要是被它割到可不得了。牛棚外有一块小小的麦地,麦子割完后将会被捆成一束束的,并堆放在一起。

此后,每天早晨天还没亮爸就起床了,他把在小溪那边的平地上割的草铺在地上晒干,再用木耙把它们弄到一起,然后堆在马车上,让皮特和布莱特拉回家去。很快,家里就有了好几个大大的草堆。

在梅溪边
On the Banks of Plum Creek

爸太累了,晚上的时候他不再拉小提琴了。不过他很开心,因为很快他就可以开始在地里继续种麦子了。

这天清晨,劳拉赶着斑点走过沾满露水的草丛时,三个人带着打谷机来到了家里,他们是来帮劳拉家打麦粒的。劳拉听到了机器的声音,她站住,转过头看向发出响声的地方。

新一天的太阳又出来了,麦粒泛着金色的诱人光芒。

很快,麦粒就打完了,那三个人饭也没吃就带着机器走了。

"如果汉森家能再多种一些麦子就好了,不过,这些已经够我们制作面粉了。"爸说,"稻草和我前段时间割的那些干草,留到冬天喂斑点它们。"爸又继续说,"明年,我们一定要种很多很多的小麦。"

麦草堆了很大一堆,在太阳的照射下泛着闪闪的亮光,它的味道比干草还要好闻。早晨,当劳拉和玛丽在草原上嬉戏的时候,她们看到了金色的麦草堆。

劳拉爬到了麦草堆的顶上。尽管草很滑,但她最终还是爬了上去。

劳拉站在草堆上,周围所有的景物她都看在了眼里,近处的柳树梢和远处的那块平地她都看得清清楚楚。劳拉感觉自己一伸手就能触及到天空,周围飞过的鸟儿似乎就

在身旁。

劳拉在稻草上不停地跳跃着,挥舞着双手,似乎马上就要飞起来。

她朝站在下面的玛丽喊道:"快看啊,我要飞起来了!"玛丽也被吸引得爬了上去。

劳拉和玛丽牵着手在上面边跳边喊叫:"跳啊!跳啊!"一阵风悄无声息地吹过,她们的裙子飘舞了起来,头上的太阳帽也被吹跑了。只剩下系带还挂在颈子上。

劳拉才不管这些,她跳得更凶了,叫喊得也更厉害了。突然,劳拉的脚下一滑,她顺着麦草堆的一边滑落了下去,嘣的一声。接着,玛丽也掉了下来,压到了劳拉的身上。

劳拉和玛丽又接着开始打闹,她们在草堆里摸爬滚打,好像以前从未这么开心过。她们一会儿爬上草堆,一会儿又滑了下来,如此循环往复。

爸辛辛苦苦堆起来的草堆就这样散了。

她们这才意识到问题的严重性,相互看了看,没有说话。玛丽往家走去,劳拉跟在她的身后,一言不发。到家后,两个小姑娘表现得异常乖巧,又是做家务,又是逗卡莉玩耍。

晚上,爸回来了。他直直地看着劳拉,劳拉低着头。

在梅溪边
On the Banks of Plum Creek

爸说：" 以后不许再从草堆上滑下去了，我又得再堆一次。"

劳拉保证着："我不会了，爸。"玛丽也随声附和。

晚饭后，劳拉和玛丽收拾了桌子和餐具，又戴着太阳帽跑了出去。

麦草堆在太阳下闪着光。

"你这是在做什么？"玛丽问劳拉。"没做什么，我都没碰它一下。"劳拉认真地说。

玛丽说："你最好马上离开这里，不然我就去找妈了。"

"我没碰它，只是闻闻也不行吗？"劳拉有些懊恼。

劳拉在金灿灿的草堆旁吸了一口气，然后把整个头都扎进了草堆里面。草堆里洒满了阳光的味道。劳拉闭上眼睛，很享受地呼吸着比麦粒还要香的味道。

劳拉很满意地"嗯——"了一声。玛丽也把头扎进了草堆，接着也像劳拉一样嗯了一声。

劳拉抬头望向草堆，金色的阳光异常耀眼，刺得她眼睛都睁不开。天空湛蓝无边，好像和草堆叠在一起。劳拉再也忍不住了，她爬上了草堆，想置身于那片蔚蓝之中。

"爸说不可以的，"玛丽喊道，"劳拉！"

"才没有！"劳拉反驳着，"他只说过不准滑下去，我是爬上来的。"

玛丽已经很生气了："劳拉，立刻给我下来！"劳拉站在草堆上，很认真地看着下面的玛丽："放心，爸说了不准滑下去，我就不会滑下去的，我很听话。"

下面的草原又宽又绿又长，劳拉张开手臂，两只脚欢快地跳着，草堆把她抛向了空中。她兴奋地叫着："啊，我飞起来了，我飞起来了！"

玛丽也爬了上来，并和劳拉一起跳着。

爸堆起来的草堆又散了，两个小姑娘掉在了铺在地上的稻草上。稻草很平，很温暖，还散发着扑鼻的香味。劳拉滚向膨胀的草堆，草堆就陷了下去，但另一处又膨胀了起来。

劳拉开始在草堆里打滚，根本就停不下来。

"劳拉……"玛丽本来想告诉劳拉说爸不允许，但她突然想到这是滚，不是滑。刚刚从草堆上下来，也不是滑，一直都是滚。

劳拉一不小心"砰"的一声滚到了地面上，她又瞬间爬起来继续滚，并叫着玛丽："快来啊，玛丽，爸只说不准滑，没说不准打滚！"

玛丽沉思着："我知道，但是……""这不就行了吗，快来，这太好玩了。"劳拉催促着。

滚比滑可好玩多了，她们反复爬上去滚下来，嘴巴一

在梅溪边
On the Banks of Plum Creek

直开心得合不拢嘴。被她们滚到地上的草越来越多。她们一会儿边滚边打闹,一会儿又再爬上去再滚下来。最后,没有草堆能爬能滚了。

她们把裙子和头发上粘的草都拈了下来,静静地回家了。晚上,爸一进家门就显得特别生气:"你给我过来!劳拉!"

劳拉放下了布娃娃,朝爸走去。"走到玛丽的旁边!"爸又说。

爸让她们两个并排站着,他坐在椅子上,只盯着劳拉看。

"你们是不是又去滑草堆了?"爸的声音很严厉。

劳拉说道:"没有!爸。"

"玛丽,你去滑了吗?"爸又问玛丽。

"我们没有,爸。"玛丽的声音怯怯的。

"我再问一次,劳拉!"爸的声音更大了,"你们去没去滑草堆?"

劳拉两眼直直地看着爸,她想不明白,为什么爸会这么生气,他的表情是如此震惊。"我们没有,爸。"劳拉再次说道。

"劳拉!"爸大声叫着劳拉的名字。

"我们真的没有去滑草堆,"劳拉说,"我们只是在上

面打滚了而已。"

爸"唰"地一下站了起来，走到门边，望着外面，背对着劳拉和玛丽不住地颤抖着。

两个小姑娘想不明白爸为什么会这样生气。

"还是算了吧，"爸转过头来，虽然看起来依旧很严肃，但是眼神很慈祥，"劳拉，要记住，以后再也不要去草堆那里了，那是斑点、皮特、布莱特冬天唯一的粮食。每一根草都很珍贵，你不想它们饿着肚子过冬吧？"

两位小姑娘齐声说道："不，我们不希望。"

"很好，你们要记住，只有麦草堆成堆，才够它们过冬，听清楚了吗？"爸再次强调。

"嗯，好的！"她们异口同声。

就这样，属于麦草堆的快乐结束了。

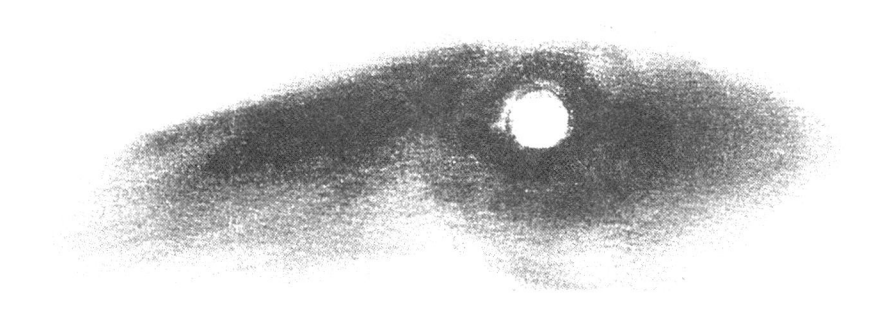

蝗 虫 天

梅溪边的梅树林已经结果子了，一颗颗紧挨着，长在参差不齐的树枝上。虽然梅树是野生的，很矮，但是结出来的梅子却皮薄多汁。

四周的空气安详恬静，各种各样的昆虫飞来飞去。

现在，爸要开始在已割完草的草地上犁地了。和往常一样，天还没亮，劳拉就起来了，赶着斑点去吃草。爸则牵着皮特和布莱特去草地，给它们戴上犁具，开始耕地了。

早饭以后，两个小姑娘拿着锡皮桶去摘梅子了。在屋顶上，她们看到了远处正在犁地的爸，皮特和布莱特拉着犁具走在前面，爸跟在后面。从屋顶上看去，他们非常渺小。一缕烟尘从犁具上缓缓升起。

像深褐色毛绒般的泥土，被爸的犁翻起来了，这些翻起来的泥土吞食掉了金黄色的麦茬地。麦茬地很快就会蜕变成一块很大很大的麦田。爸将会在这里种上麦子，到时候收割以后，她们就可以去买任何想要买的东西了。她们会住在很大的房子里面，还能买马，更重要的是，她们还有吃不完的糖果。

玛丽跟在劳拉的后面朝小溪边的梅林走去。劳拉的太阳帽挂在了脖子上，玛丽的太阳帽却一直戴着。

劳拉手里的锡皮桶在小手里东晃西晃，草地上的草都变成了黄色的，劳拉走过，发出了一阵"嗖嗖"的响声。一群蝗虫受到了惊吓，跑开了。

到了梅树林，她们开始摘梅子。她们先用小桶装梅子，盛满了以后再倒在大锡皮桶里，待大锡桶满了以后她们就拎着它往家走了。

屋顶上，妈早就洗干净了一块布铺在那儿。她们把拎回来的梅子直接倒在了上面。让太阳把梅子的水分晒干，来年的冬天就可以有干梅子吃了。

在梅溪边
On the Banks of Plum Creek

梅树枝繁叶茂,遮住了太阳,阳光从树枝的缝隙中倾泻下来,洒在了地上。沉甸甸的梅子压弯了树枝的腰,梅子掉得满草地都是,滚成了一堆。有些熟透了的,掉下来的时候摔碎了,流出了黄澄澄的汁液。

大黄蜂和小蜜蜂都被美味的汁液吸引,它们都不蜇人了,摇晃着尾巴饕餮地吸着梅汁。劳拉用一片树叶去戳它们摇晃着的尾巴,它们也不管不顾,继续吸自己的。

劳拉把完整的梅子装进桶里,那些碎了的梅子也很吸引人,她用手弹掉了一只在梅子上吸梅汁的蜜蜂,沾了点儿梅汁,放进了嘴里。好甜啊!

那只被她弹掉的蜜蜂见有人抢了自己的食物,非常惊慌,在劳拉的身边嗡嗡叫着,转来转去。但很快,它就跟着蜂群去吸食其他的梅子了。

"你吃的梅子比你摘的还要多!"玛丽有些生气。

"才不是呢,"劳拉解释道,"我吃的都是从地上捡来的。"

玛丽不信:"你自己明白,我干活的时候你就一直在玩!"

其实,劳拉和玛丽都摘满了一桶梅子,只是玛丽有些不高兴,她想在家里读书或者做家务,就是不想出来摘梅子。劳拉则恰恰相反,她就喜欢到处跑,喜欢出门摘梅子。

劳拉还喜欢摇梅子树，这可是一门需要技术含量的活儿。如果你的动作太大，那些没有熟的梅子也会掉下来，这可相当浪费。但是你用的力气不大的话，那些熟透了的梅子又暂时不愿意掉下来，晚上的时候它们才会掉在地上，摔碎，流出汁液，没法吃了。

不过不用担心，劳拉已经学会怎么摇梅树了。她抓着粗糙的树干，轻轻但很快速地摇晃一下，便会有梅子落下来。然后再趁着梅树晃动的当口，猛烈地再摇一下。就这样，所有熟了的梅子都掉落了下来，发出"砰砰砰"的好玩的声音。

梅子有很多种颜色，红的已经被劳拉和玛丽摘了，黄的很快也要熟了，剩下的梅子是青色的——也是最大的梅子。青色的梅子只有霜冻时节才能摘，因为它们是霜冻梅。

一天早上，本来五彩缤纷的世界突然变成了银色的，不管是小路还是草地，都穿上了银色的衣服。劳拉光着小脚丫从上面走过，冻得浑身直打颤。劳拉感觉呼出和吸进来的气息都是冰冷的，斑点也有同样的感觉。太阳出来之后，整片草原都闪着亮晶晶的光，还有很多一眨一眨的小亮点，美丽极了。

现在正是霜冻梅熟透了的季节，挂在树上的它们又大

在梅溪边
On the Banks of Plum Creek

又圆,紫色的外皮上裹着一层银白色的像霜一样的东西。

空气不再清新,天空不再蔚蓝,太阳不再炎热。整个草原的草已经变成了黄褐色的,没有一丝生气。不过,中午的太阳依旧很暖和,只是一直没有下雨也没有下雪。都要到感恩节了,老天依旧没有任何动静。

"这简直太奇怪了,我从来没有见过这样的天气。"爸说,"尼尔森说,这是蝗虫天。"

妈问:"蝗虫天是什么天?"

"我不清楚,"爸摇了摇头,"是尼尔森告诉我的,我也不知道到底是什么。"

"应该是挪威人的话吧。"妈说道。

劳拉却很喜欢"蝗虫天"这个词。当她在草地上嬉戏的时候,看见了活蹦乱跳的蝗虫,就情不自禁地说道:"蝗虫天,蝗虫天。"

牛群闯进了麦草堆

冬天一到,爸也就该进城了。妈也跟着爸一起走了。现在住的这个地方离城里特别近,一天时间足够往返一次。

卡莉因为太小,被妈带走了。劳拉和玛丽则留在家里看家,她八岁,玛丽九岁,她们完全可以照顾好家里的一切。

进城就应该穿得好看一点儿,妈给卡莉做了条裙子,用的是劳拉很小的时候穿过的一件印花布,剩余的布还给

在梅溪边
On the Banks of Plum Creek

卡莉做了一顶新帽子。卡莉的头发在头天晚上被妈用卷发纸固定了，第二天解开以后，卡莉就有了一席金色的卷发，系上粉红色的太阳帽后，看起来就像一朵美丽的花儿。

妈换上了她最喜欢的连衣裙，还穿了有裙撑的衬裙。妈那件连衣裙非常好看，是住在大森林里那会儿，去参加奶奶家制糖舞会时穿的那件，布料选用的是最漂亮的丝质。

妈抱着卡莉坐到了马车里："我们走啦，你们在家要乖乖地听话啊。"爸扬起了鞭子："我们在太阳落山之前就会回来！"说完，马车就开始移动了。爸他们将在马车里吃预先准备好的午饭。

"再见！爸，妈，卡莉！"劳拉和玛丽一齐喊道。

马车慢慢向前驶去，身影变得越来越小，很快就从草原里消失了。

劳拉和玛丽感觉整个草原都空了，不过她们并不害怕。这里不会有狼，也不会有印第安人，而且，杰克还一直陪在她们身边。杰克是一条非常聪明的狗，爸妈不在家的时候，它知道应该做什么。

整个上午，劳拉和玛丽一直都在小溪边嬉戏，那里长满了灯芯草。她们没有去水潭边，也没有动麦草堆。她们

的午饭在妈走之前就给她们准备好了：牛奶、糖蜜、玉米饼。吃完以后，她们乖巧地洗干净并收拾好了餐具。

劳拉想去岩石那里玩耍，玛丽不想出去，她也不允许劳拉去。

"你无法命令我，我只听爸和妈的话。"劳拉说。

玛丽说："我能，爸和妈都不在家，我比你大，你必须听我的。"

"正因为你比我大，所以你应该让着我。"劳拉反驳道。

"我应该让的人是卡莉，不是你。"玛丽有些懊恼地解释着，"如果你不听我的话，妈回来了我就告诉她。"

"我想去哪里是我的自由，你无权干涉！"劳拉怎么可能会管这些。

劳拉跑了出去，速度很快，玛丽想抓也抓不住。快要到草岸那里的时候，杰克突然挡住了劳拉的去路。它站在那，安静地看着对岸。"玛丽！"劳拉也看了一眼对岸，然后大声叫了起来。

一群牛正在吃爸堆的麦草堆。它们一边吃一边嬉戏，双脚还践踏了很多。它们用坚硬的犄角拱倒了整个草堆。

杰克明白自己应该做什么，它跑到独木桥，吠叫着。它要和小主人们一起保护好麦草堆，赶跑这群牛。

在梅溪边
On the Banks of Plum Creek

玛丽已经被吓住了:"天啊,这可如何是好!"

勇敢的劳拉跟在杰克的后面,玛丽也紧随其后。她们来到了牛群面前。牛群依旧在一边吃草一边践踏着,犄角继续拱着麦草,并横冲直撞地发出巨大的嚎叫声。

劳拉和玛丽都吓坏了,站着不敢说话。但劳拉很快就反应过来,她捡起地上的一根棍子,嘴里大叫着,朝牛群跑去。忠诚的杰克跟在她的后面,边跑边发出汪汪的叫声。

一头红色的牛用拱麦草的犄角攻击杰克,杰克很灵活地跳到了它的后面。它非常生气,嘴里发出哞哞声,朝前面飞奔而去。其他的牛也紧随其后,它们跑过的时候,带起一阵风。劳拉、玛丽和杰克紧紧跟在它们身后追着。

草堆里的牛群依旧赶不走,它们围着草堆乱撞乱叫,脚下还不忘继续踩踏着干草。从草堆上滑落下来的干草越来越多。劳拉非常生气,她飞舞着手里的棍子,大声冲牛群吼叫着。虽然她跑得很快,但牛群比她更快。

各种颜色的牛,红的,黑的,带斑点的,带斑纹的,棕的。这是一群疯狂的牛,它们一刻也不愿意停止对草堆的侵蚀。甚至还有些可恶的牛,想从踢倒的草堆上跨过去。

劳拉已经很累了,浑身燥热,头晕目眩,被汗水打湿

的头发遮住了眼睛。虽然嗓子早就已经嘶哑了，但劳拉依旧没有停止吼叫。牛巨大恐怖的犄角吓住了劳拉，她不敢用棍子打它们，只是在一旁用力地挥舞着，叫喊着。

从草堆上滑落下来的草越来越多。

劳拉突然转身朝后跑去，站在一头红色的牛面前。

健壮的牛朝劳拉飞奔而来，面对牛庞大的身体和如利刃般锋利的犄角，她很害怕，但她不愿意躲闪，也不愿意叫喊，只是挥舞着手里的棍子。这个挑战，她得接受。

这头牛本身是想停下来的，但它根本就停不下来，因为它身后还跟着一群牛。它只好转了个方向，朝犁过的麦地跑去。其他的牛也跟在它的身后一齐跑去。

劳拉、玛丽和杰克紧紧追在牛群后面，她们要把牛群赶得离草堆越远越好。

当牛群被赶到草原最高处的那片草地时，劳拉在一个温暖的草洞里，看到了揉了揉眼睛的约翰尼。他正在这个草洞里睡觉。

劳拉推搡着约翰尼："约翰尼，快起来，不要睡了，看看你的牛！"

"你应该看好你的牛！"玛丽用警告的语气对约翰尼说。

约翰尼茫然地看了看正在低头吃草的牛群，又看了看劳拉、玛丽以及杰克。他不知道出了什么事,他听不懂劳拉和玛丽在说什么,因为他只懂挪威语。

两个姑娘和杰克往回走去,她们的双脚很疲软,总被草缠绕住。

她们非常开心,因为可以回到小屋里休息了,还能喝到甘甜的泉水。

逃跑风波

那个下午，姑娘们一直安静地待在小木屋里，牛群没有再去麦草堆，时间漫长而恬静。太阳西斜的时候，她们又要去大岩石那里等斑点了。劳拉、玛丽和杰克都很希望爸、妈能快点儿从城里回来。

不知道爬上了草岸多少次，可是那一直盼望着的马车始终没有出现。太阳越来越低，似乎马上就要不见了。姑娘们和杰克，专注地站在小木屋的草地上望着马车早上离去的方向。杰克晃着耳朵，听得异常认真。虽然坐着也同

在梅溪边
On the Banks of Plum Creek

样能看到,但她们却选择站着远望天边。

杰克终于听到了动静,它转着耳朵确认了那的确是马车的声音,就站起来看着劳拉和玛丽,扭动着身体。

马车出现在了草原上,她们激动不已,站了起来,朝妈和卡莉挥舞着太阳帽,一边跳一边喊道:"回来了,他们终于回来了!"

"马车跑得可真快啊!"玛丽的声音很激动。

马车的速度的确很快,皮特和布莱特拼命奔跑着,似乎在赛跑。马车发出了隆隆的声音,劳拉安静地看着马车。

马车终于到了家门口,它发出奇怪的"砰砰"声,好像马上就要被弹飞似的。妈一只手抱着卡莉坐在车厢的一个角落,另一只手则有些害怕地抓着马车。爸用尽力气想驾驭住疯狂的布莱特。但是很遗憾,他没有勒住。

布莱特向溪边冲去,狂奔到了险峭的岸边,爸被拖了起来。眼看马车就要翻了!那样的话,爸和妈,还有卡莉和马车都会掉下去的!

爸马上反应过来,用尽力气狠狠敲了下布莱特的头,布莱特才掉转了方向。

尖叫着跑过来的劳拉这才舒了一口气,杰克也跑了过来,在布莱特的鼻子下嗅了嗅。

马车向牛棚的方向疾驰而去,快要撞到牛棚的那一刻,仿佛整个世界都安静了下来。

妈和卡莉还在马车上。爸紧紧追在马车的后面,劳拉也跟着爸跑去。

"嘿,布莱特,布莱特!"布莱特终于停了下来。爸双手死力地抓住车厢,看着里面的妈和卡莉。

妈浑身都在颤抖,脸都已经白了,却对爸说:"不用担心,查尔斯,我和卡莉很好。"

皮特想进牛棚,可是它和布莱特套在一起,布莱特已经把牛棚的墙撞坏了。这意味着它进不去牛棚。

卡莉那好看的粉色裙子已经破了,她一直哭个不停。妈拍着她的肩膀安慰她:"卡莉乖,不哭不哭,我们不是挺好的吗?"卡莉伏在妈的脖子上,哭声渐渐小了。

"你知道吗,卡洛琳,我以为你会掉下去。"爸如释重负地说。

"最开始的时候我也以为会那样,但我知道只要有你在,就不可能会发生那种事情。"妈的声音很轻松。

爸说:"还好皮特没有像布莱特一样逃跑,看到牛棚的时候,布莱特满脑子想的都是晚餐的事儿。"

劳拉和玛丽围在妈的身边,抱着她,还有些后怕地说:"噢!妈,你还好吧!"

在梅溪边
On the Banks of Plum Creek

劳拉很清楚,如果爸的速度不够快,没有在布莱特的头上狠狠地打了一下的话,妈和卡莉以及马车早就掉到小溪里了。

"瞧你们,我这不是挺好的嘛。"妈说,"爸去关牛棚了,你们帮忙一起把车上的行李拿回家吧,姑娘们。"

劳拉和玛丽将行李拿回小木屋后,就去大岩石那里等牛群了。把斑点牵回牛棚后,劳拉又给它挤了很多牛奶。玛丽则和妈一起做着晚餐。

吃晚饭的时候,劳拉和玛丽把牛群糟蹋草堆,以及她们如何赶牛群的事情都和爸妈说了。爸朝她们竖起了大拇指:"我早就知道,你们有照顾整个家的能力,卡洛琳,你觉得呢?"

虽然进城的次数很少,但是爸每次回来都要给她们带礼物,这次她们却把礼物的事情完全抛到脑后。直到晚饭后,爸坐在凳子上期待着望着她们时,她们才想起来。

劳拉跳到了爸的腿上,满脸笑嘻嘻地问:"爸,你给我带什么礼物了?快告诉我。"玛丽也坐到了爸的另一条腿上。

爸卖着关子:"你们先猜猜看。"她们当然猜不到。

但仔细的劳拉感觉到爸的衣服口袋里有什么东西,

065

就用力一抓。劳拉从爸的口袋里抽出来一个用红色和绿色细条系着的纸袋，里面有两根糖果，劳拉和玛丽一人一根。

糖果的颜色很好看，像枫糖一样。玛丽很享受地慢慢舔着糖果，劳拉则一口用力地咬了下去，很快，糖果的外层碎了，并掉到了地上。

里面的糖果和外面的不一样，颜色是深褐色的，看起来又硬又亮，香气迷人，吃一口有些油腻，还有些苦涩。这是苦薄荷糖。

收拾完餐具后，他们坐在门外看寒冷的黄昏。两个姑娘手里拿着糖果分别坐在爸的两条腿上。妈则在门里面，温柔地给卡莉唱着摇篮曲。

小溪边，泛黄的柳树叶似乎在相互低语。微风中，挂在天上的星星一闪一闪，好像马上就会掉下来。

劳拉嘴里含着糖果，糖果在一丝一毫地溶化着。她靠在爸的怀里，爸的胡须摩擦着她的脸颊，她感觉很痒。

劳拉突然叫了一声爸，爸的下巴碰着她的头："小劳拉，怎么啦？"

"相对于牛，我更喜欢狼一些。"劳拉说。"狼的用处没有牛的大。"爸说。

劳拉沉思了一会儿，没有反驳爸的观点，但她还是说出了内心的真实想法:"可能吧,但我还是喜欢狼多一些。"

"劳拉,我们就要拥有两匹好马儿了。"爸说。

劳拉明白爸的意思,当他们收获了一季的麦子后,就能拥有马儿了。

圣诞礼物是一匹马

感恩节到了,奇怪的蝗虫天依旧没有下雪。

一家人正在吃感恩节正餐。通过开着的门,劳拉看到了一片光秃秃的柳树梢,在柳树梢更远的地方是草原,草原的远处是太阳回家的地方。那里也没有一丝雪的痕迹。整个草原就是一张黄色的毛皮,它和天空的交接线也变得越来越模糊。

看着蝗虫天,劳拉想起了蝗虫。蝗虫的翅膀能折叠,很长,后腿非常粗壮,脚却很细,爬的时候会发出沙沙沙的声音。它们的头非常硬，一对复眼长在棱角处，用来吃食物的上颚非常小。

当你捉住一只蝗虫后，摘一片绿色的草叶伸向它的上颚，它会很迅速地咀嚼起来。蝗虫很能吃，它们会把整片叶子都吃光，连草茎也不会剩下。

爸妈准备的感恩节正餐非常丰盛，因为没有小火炉也没有烤箱，妈只好把爸打回来的那只鹅给炖了。心灵手巧的妈还用鹅汁做了饼。除此之外，妈还准备了土豆泥、牛奶、玉米饼、黄油和干梅肉等很多美味的食物。妈还在每个吃饭用的盘子旁，放了三粒烤干的玉米粒。

世界上第一次感恩聚会的时候，一群贫穷的清教徒除了三粒烤干的玉米粒之外，没有其他食物吃。印第安人给他们送去了火鸡，他们非常感谢印第安人，一直心怀感恩。

吃完正餐以后，就要吃那三粒烤干的玉米粒了，以此来怀念当年的清教徒。劳拉和玛丽吃完了玉米粒。玉米粒非常好吃，又香又脆，还有甜味。

天空依旧灰蒙蒙的，寒冷的风刺骨，不过不用担心，风只能刮过屋顶，不会吹到地洞里来。

感恩节已经结束，接下来很快就要到圣诞节了，可是蝗虫天已经没有任何动静，既没下雨，也没下雪。

妈说："地洞里很温暖，比外面强多了，但我觉得我像一只藏在洞里冬眠的动物。"

"这只是暂时的，卡洛琳，不要担心。"爸眉飞色舞地说，"我将买一对非常好的马，还有一辆轻型马车，带着你们去骑马玩，我还会给你们买很多非常好看的丝质衣服。卡洛琳，你想想，这是多么舒适的生活啊：见不到石头和树桩的肥沃土地，种满了可以卖钱的麦子，到城里只有几英里远的距离。"爸摸了摸头发，又说道："要是我拥有一对马该多好。"

"我们现在拥有很多过冬的食物，住的环境也非常安稳舒适，还拥有很健康的身体。查尔斯，我们应该感恩这一切。"妈说。

"我懂的，只是皮特和布莱特的速度都太慢了，"爸说，"如果没有马，我不可能在它们犁的地上全都种上麦子的。"

"我们没有壁炉。"劳拉接过爸妈的话头。

妈非常惊奇地看着劳拉："你说什么呢？""圣诞老人。"劳拉眨巴着眼睛说。

"认真吃你的饭吧，爸妈说话的时候，你不能插嘴。"妈认真地说。

没有烟囱，圣诞老人就不能进到屋里来。劳拉和玛丽

在梅溪边
On the Banks of Plum Creek

看了看房顶的烟囱，问妈圣诞老人是怎么进到屋里来的。妈没有回答她们的问题，而是反问她们："圣诞节礼物，你们想要什么？"

屋顶上有风咆哮的声音，它们在烟囱里肆虐地嚎叫着，但老天就是不下雪。妈在认真地熨着衣服，熨衣板两头分别架在桌子上和床上，爸把放着熨衣板那头的床垫垫得很高。劳拉在饭桌边给她那个叫夏洛特的娃娃做一条围裙，玛丽在她的杂物盒里面捣鼓着，卡莉则在床上爬着玩。

劳拉说想要糖果，玛丽也说想要糖果。在床上爬着玩的卡莉哭了起来，也说："糖果，糖果。"

"我还想要一件外套，一条裙子和一顶风帽。"玛丽继续说。

"我也要，我还要为夏洛特准备一条裙子……"劳拉说。

妈把熨斗从火炉里拿了出来，叫劳拉和玛丽摸一摸。她们把手指放在嘴巴里舔了一下，拿去触摸熨斗的底部，如果温度足够了，就会发出一声"噼啪"声。

妈开始用熨斗熨衣服："姑娘们，谢谢。"然后又问她们："你们知道爸最想要的圣诞礼物是什么吗？"

她们没做声，因为不知道。

妈说："爸想要一对马儿，你们觉得马儿怎么样？"

两个小姑娘相互看了看对方。

妈的声音有些低低的："如果咱们大家的圣诞礼物都想要马的话，不要其他的，会不会……"

劳拉有些莫名其妙，马和圣诞节有什么关系吗？即使不是圣诞节，平常的日子也可以要马啊。之前有马，爸却将它们卖掉，这是为什么呢？劳拉越来越搞不懂了。

"圣诞老人真的存在吗？妈。"劳拉突然问道。

"是的。当你们再大一点儿的时候，就会知道越来越多圣诞老人的故事。"妈把熨斗放到炉子上再次加热，"现在的你，已经明白圣诞老人不是一个人了对不对？在圣诞夜之前，圣诞老人无处不在，他去过很多地方，纽约州、印第安保留区，还有神秘的大森林。你们不是都明白这些吗？对不对？"

"嗯，对的。"劳拉和玛丽点头如捣蒜。

妈说："所以，你们……"

"我觉得他应该是个天使。"玛丽说道。两位小姑娘都明白这些。

然后，妈给劳拉和玛丽讲了很多关于圣诞老人的故事，他无时无刻，无处不在。不自私的人都是圣诞老人。对任何人来说都是如此。

圣诞夜前的那晚，整个世界的人都是无私的，圣诞老人布满任何一个角落，所有人在这一刻都变得不再自私，他们祝愿并希望所有人都过得幸福和快乐。

第二天,将是见证圣诞老人奇迹的时刻。

劳拉问妈:"要是每个人无时无刻都在祝愿并希望别人过得幸福,那我们是不是每天都在过圣诞节?"妈回答道:"对的,孩子。"

劳拉和玛丽相互看着对方,思考着。她们知道妈要她们做的事,不要其他礼物,和爸一样,要马儿。她们对视的眼神移开了,安安静静,一句话也没有说。历来听话乖巧的玛丽也沉默着。

那天晚饭结束以后,爸又像往常一样坐在小板凳上,把她们拉到自己身边搂着她们。

劳拉抬头看着爸,叫了一声。爸说:"小宝贝,怎么了。"劳拉依偎在爸的怀里:"圣诞节,我想要……圣诞老人送给我们……"

"送给我们什么呢?"爸看着劳拉问。

"送给我们马,如果您能让我们骑的话。"劳拉说。

"我也想要马,不要其他的了。"玛丽也说。

爸的眼睛里放出一丝惊奇的目光,眼神除了慈祥之外,还带着些许喜悦:"这是真的吗?你们都想要马?"

"是的。"姑娘们异口同声。

爸微笑了起来:"要真是这样的话,我想,圣诞老人一

定会给咱们一对非常好的马的。"

就这样,她们决定了自己的圣诞礼物,只要马,除此之外,什么也不要。

劳拉和玛丽换了睡衣,戴好睡帽,扣上扣子,然后一齐跪下祷告:"我即将入眠,祈求主保护我的灵魂。如果我不幸在睡梦中离去,还请主能带走我的灵魂。祈求主保护爸、妈、卡莉和其他任何人,还求主保护我能一直是一个好孩子。阿门。"

"主啊,请您保佑我,只要圣诞节礼物是马儿,我就会永远快乐。阿门。"劳拉在心里祈祷着。

爬到床上的劳拉开心得不得了,她开始想象马儿的样子。光亮的毛色,随风抖动的尾巴和鬃毛,还有它吸气时鼻子的样子,迅速抬脚踢腿的动作,大大且明亮的眼睛。更重要的是,爸会让她骑在马上面。

爸又开始拉小提琴了。屋顶上,依旧有风在呼呼地穿行着,地洞里的一切,则让人感到万般惬意和舒坦。

有几颗零星的火焰从火炉的缝隙里面蹿了出来,跳到了妈编织毛衣的织针上,爸的眉毛也差点儿被它们燎到。小提琴琴弓的影子在手舞足蹈地跳跃着,爸随着节奏轻轻地用脚敲打着地面,轻快的琴声盖住了屋顶上孤独的风的哭泣声。

愉快的圣诞节

第二天,下雪了。怒吼着的风让雪粒在空中不断跳跃着,飞舞着。

这样的天气,无法出去玩,只能待在地洞里。爸在安静地摆弄一双靴子,妈在读一本叫《米尔班克》的书,玛丽在缝补着什么,劳拉则在玩她的那个叫夏洛特的布娃娃。劳拉想把布娃娃也给卡莉玩,但最终还是没有给她,她还太小,一不小心布娃娃就会被她弄破。

牲畜们也无法出去,那一整天,斑点、皮特、布莱特

都待在牛棚里安静地吃草和睡觉。

卡莉午睡以后，妈神秘地把劳拉和玛丽叫到自己的身边，在她们耳边悄悄地说了一个秘密：可以送一条用扣子做成的项链给卡莉，作为她的圣诞节礼物。两个姑娘听话地爬上床坐着，妈给她们拿来了一个装满扣子的盒子。

盒子里面有很多各种颜色的纽扣：红的、蓝的、金的、银的。还有很多形状千奇百怪的纽扣：带着小狗头形状的，弯曲的却带着好看的城堡、树木和小桥的，装饰着条纹的，发着闪闪亮光的黑玉样式的，还有通过喷绘而制成的瓷纽扣等等。这么多五花八门的纽扣，劳拉不由得尖叫了起来。

这些纽扣都是妈比劳拉还要小的时候收集的，加上外祖母小时候收集的纽扣，妈就拥有了现在这么多好看的纽扣。

妈把食指放在嘴边小声地"嘘"了一声，提示劳拉，不要吵醒卡莉。

接过妈手里的纽扣盒，劳拉和玛丽就有事情做了，这样，她们就不会显得无聊，愿意待在地洞里。

外面，怒吼的风依旧在肆虐地扫打着雪，小溪的水已经被冻住了，树枝也发出了沙沙的响声。

姑娘们陪着卡莉玩耍，不管她想玩玩具还是想唱歌，

在梅溪边
On the Banks of Plum Creek

姐妹俩都顺着小卡莉的意思陪着她。只要一有机会,她们就会哄着小卡莉睡觉。只有这样,她们才有时间进行着自己的秘密。

她们一人捏着一头线,把自己认为最漂亮的纽扣穿在上面。然后又把穿好的纽扣项链拉开看,把那些觉得不合适的又换下来,重新串上更漂亮的纽扣。她们的目标,是为卡莉做一条最好看的纽扣项链。

圣诞夜前夕,妈告诉她们,纽扣项链必须在今天制作完成。

卡莉却突然不愿意去睡觉了,她在屋子里到处跑,一边跑一边唱着歌,还在凳子上爬上爬下。卡莉似乎有用不完的精神头,玛丽叫她安静地坐着别动,她不理会,劳拉把布娃娃给她玩,她把布娃娃扔到了一边。

最后还是妈出面,抱着她一边唱歌一边哄她睡觉,她才安静下来。妈的歌声渐渐小了,最后停止了。就在劳拉和玛丽以为她要睡着了的时候,卡莉闭上的眼睛突然又睁开了,边哭边喊:"我还要听歌,妈。"妈又唱了一会儿,卡莉才睡下。

劳拉和玛丽这下可高兴了,迅速地完成了扣子项链最后的收尾工作。妈帮她们给项链打了一个牢固的结,扣子项链终于做成啦!真漂亮啊!

睡觉之前,妈把卡莉的一只长筒袜挂在了她的小床边,劳拉和玛丽把项链悄悄地放了进去。正当她们准备睡下去的时候,爸对她们说:"难道你们不想把自己的长筒袜挂起来吗?"

劳拉说:"我当然想啊,但是,圣诞老人不是要送马给我们吗?"

"他应该要送来,"爸说,"只是,圣诞节前夕,不是应该要把长筒袜挂在床边吗?"

劳拉和玛丽都不明白爸到底要表达什么。

妈从柜子里拿出了劳拉和玛丽的长筒袜,爸将它们挂在了卡莉那双袜子的旁边。

劳拉和玛丽祷告完之后睡下,想了半天,依旧想不明白爸为什么也要给她们挂长筒袜。

劳拉被火炉发出的响声吵醒,她睁开迷糊的眼睛,看到了床头挂着的长筒袜子已经变得鼓鼓囊囊的了。

劳拉尖叫了起来,跳下床朝袜子扑去。玛丽和卡莉也发现了长筒袜子,一脸的兴奋。

劳拉和玛丽在长筒袜子里面发现了一个裹得紧紧的纸包裹,拆开,里面是诱人的糖果。

两个姑娘的糖果一样多,一样漂亮,她们简直太开心了,这么好看的糖果以前从来没有见过。糖果的样式多种

在梅溪边
On the Banks of Plum Creek

多样，有波浪状的，有条纹的，有圆圆带着条纹状的，还有底端带着好看的彩色花的圆圆的棍糖。

卡莉的两只长筒袜，一只装了四块糖果，另一只装的则是漂亮的扣子项链。看到这些东西，卡莉兴奋得尖叫了起来，伸开双手拼命地去抓。拿着糖果和项链的卡莉，坐在爸的腿上一直摇晃个不停，简直开心死了。

爸起身要去给牛棚的牲畜们喂草了，他对她们说："姑娘们，猜猜看牛棚里会有什么礼物呢？"妈也说："赶紧换衣服吧，跟爸去看看会在牛棚里发现什么。"

劳拉和玛丽穿了很多很厚的衣服，还有长筒袜和敦实的鞋子。围上围巾后她们就如一阵风似的跑了出去。

天空是一片铅灰色，只有东边有一道红光从厚重的云里泄出。牛棚的墙上和屋顶上布满了厚厚的积雪，那一道红光洒在上面，雪也被染成了红色的。爸已经在牛棚里等候她们了，见到她们，他微笑着向她们走去。

皮特和布莱特的旁边，出现了两匹马。

这两匹马眼睛不仅明亮，还特别温顺。身上闪闪发光的毛是红棕色的，看起来非常柔软舒适。尾巴和鬃毛却又是黑色的。它们低着头，劳拉的手碰到了它们的鼻子，它们伸出舌头舔劳拉的手，劳拉感到有一股暖气在手上划过。

"丫头们,今年的圣诞礼物,你们喜欢吗?"爸微笑着。

"很喜欢,爸。"玛丽还很淡定。劳拉却兴奋得讲不出话了:"嗯,爸。"

爸的眼里放着喜悦的亮光:"你们谁想带着它们去喝水啊,我是说骑着它们去。"

爸一把把玛丽抱上了马背,并教她如何骑马,还安慰她不要害怕,说它很乖巧。

劳拉已经等不及了,爸一把把她也抱到了平坦厚实的马背上,马晃动了几下,她感受到了马的活力。

爸手里拿着斧子,牵着马走向了溪边。小溪早已经冻住了,四周的积雪因为太阳光的照耀,闪着亮晶晶的光。爸要用斧头劈开厚厚的冰层,马儿们才能喝到水。

马儿缓缓地走着,抬起头,深呼吸了一下,鼻子里的冷气就被释放了出来。它们的耳朵抽动着,毛茸茸的,甚是可爱。

劳拉紧紧地抓着马鬃,学着大人的样子轻轻地踢着马的肚子,高兴得笑了起来。

那天非常寒冷,天还布满了铅灰色,但是劳拉和爸,还有玛丽以及马儿过了一个非常开心快乐的圣诞节。

春 汛

半夜,门外突然响起了恐怖的咆哮声,劳拉吓得从床上坐了起来,叫着爸:"是什么在门外,爸!"

爸下了床,"应该是小溪发出的声音。"说着,他打开了门,咆哮声又顺着开着的门传到了地洞里来,劳拉吓得紧紧抱住自己。

爸喊了一声:"我的天啊,怎么在下暴雨。"

妈也说了句话,但是咆哮声太大,劳拉没有听清。

"外面黑黢黢,什么也看不清。"爸说,"不过不用担

心，水不会漫到我们这儿来，它会去往更低处的对岸。"

爸关上了门，咆哮声变小了。"睡觉吧，劳拉。"爸说。但劳拉却睡不着了。

劳拉睁开眼睛时，看到了窗外灰色的天空。她没有看到爸的身影，妈在准备早饭。外面依旧有咆哮声。

她迅速地穿衣下床，打开门。哗，冰冷的雨袭击了她，她一时间觉得呼吸困难。她索性跳了出去，就那么站在水里，冰冷的雨水扑面而来，波涛汹涌的小溪在她脚下咆哮着。

溪水怒吼着，翻滚着，占领了小桥的阶梯，又淹没了柳树，只剩下柳树枝在水中无奈地旋转着。劳拉脚下的小路也被水吞噬了，四周都是轰隆隆像打雷一样的声音。她已经听不见雨的声音了，耳边一直环绕着小溪怒吼咆哮的可怕声音。她觉得有水不断地打在自己的身上和头上。

溪水发着很大的脾气，它带着气泡，吼叫着向柳树丛不断地冲去，接着又迅速地迈向了很远之外的草原，迫不及待地想占领那里。上游转弯处的溪水越涨越高，不断地变换着花样，还越来越白，依旧那么澎湃、汹涌、恐怖。

劳拉很害怕。

"劳拉，你难道没有听见我一直在叫你吗？"妈一把就把劳拉拉进了洞里。

在梅溪边
On the Banks of Plum Creek

劳拉说:"我没听见,妈。"

"真没听见啊?我还以为你听到了呢。"妈说。

水依旧在劳拉的脚下流着,还形成了一个小小的水坑。劳拉感觉身上有些凉,妈把她身上被水打湿的衣服脱了,换上了一身干净暖和的衣服:"快穿上干的衣服,不然你会被冻坏的。"

穿上干衣服的劳拉浑身暖和多了,她莫名地开心坏了。

"你的胆子简直太大了,我可不会像你一样跑到雨里去,被淋得像落汤鸡一样狼狈不堪。"玛丽说。

"你是不知道,那简直太有趣了,我觉得你应该去看一下。我还想去,"说着劳拉转身看着妈:"妈,吃完饭以后我还可以再去一次吗?"

"我觉得你还是不要去为好,下雨的时候不能出去。"妈说。

吃完早饭以后,雨却停了,太阳也出来了。爸对劳拉和玛丽说,要带她们出去散散心,并看看小溪。

外面的天空蔚蓝无边,很多各种各样的云悠闲地飘来飘去。空气中已经有了春天的气息,清新而又有些潮湿。地上的积雪也早就不知道去哪儿了。只是,站在岸上,依旧能听见小溪怒吼、奔涌的声音。

爸说:"我以前从来没有遇到过这种天气。""难道不是

蝗虫天吗？"劳拉问。

爸表示不清楚。

顺着草岸走着，他们看到了完全陌生的景象，这一切都是咆哮的小溪造成的。

梅树林冒着白泡，漂浮在水上。台地成了一座小岛，它的周围全是缓缓流动的水，水从隆起的一条河里流了出来，围着台地绕一圈，又流了回去。水潭那里的柳树已经处在一片湖泊之中，看起来非常矮小。

他们看到了远处那块又湿又黑的麦地，那是爸以前犁的。

"再过不久，就可以种麦子了。"爸望着那块地说。

独木桥事件

次日，小溪的咆哮声小多了，但是妈依旧不让劳拉出去玩。待在屋里的劳拉一直蠢蠢欲动，她觉得屋外小溪的咆哮声一直在呼唤着自己。于是，劳拉就背着妈偷偷溜了出去。

水退了很多，阶梯也露了出来，独木桥也冒出了头，只是还有一点儿水漫在桥面上。

溪水已经完全被释放了，正潺潺地流动着，有些淘气的溪水撞击着桥板，泛起好多白色的水泡，发出叮咚的响

声。它们已经憋坏了，因为整个冬天都被冰冻着，像没有生命一样。

劳拉脱掉了鞋子和袜子，将它们放在阶梯上，然后走到独木桥上，看着下面的溪水。

水溅了起来，打湿了劳拉的小脚丫，一些调皮的水浪还从她的脚背上淌过。

劳拉先将一只脚放到水里，然后坐在独木桥上，接着又将另一只脚也放到了水里。她用脚踢着小溪里的水，它们像欢迎她似的冲刷着她的脚。好好玩哦。

劳拉不管已经被水打湿了的身体，她还想往水里钻。

她做了一个很危险的动作。她把整个身体倾倒了下来，匍匐在独木桥上，手伸到两边，卖力地拍打着小溪。但劳拉觉得这样还不够，接着又做了一个更危险的动作，她用两只手抱住独木桥，然后把整个身体都陷进了小溪里。

这时候，劳拉才意识到问题的严重性。小溪并不友善，它不是在和她玩。水流非常湍急，似乎还很愤怒，它将劳拉冲到了桥底下，劳拉整个身体都落进了水里，只剩下一个脑袋和抓住桥板的一双手还在外面。

劳拉被溪水两面夹击，前面的水把她往前拉，后面的又将她往前面冲。湍急的溪水似乎要把劳拉整个人都

在梅溪边
On the Banks of Plum Creek

拉下去。

劳拉将下巴死死地抵在桥板的边上，一只胳膊紧紧地抱住桥板，但这依旧无济于事，她身体的其他部分似乎马上就要被溪水吞噬了。

小溪从来就没想过和劳拉开玩笑。

溪水越来越猛，拽拉的力度也越来越大，劳拉用尽力气踩着水，但溪水的力气她哪比得上？她的后脑勺已经到了桥底下，溪水似乎马上就要把她的身体撕碎。水还特别冰冷，凉透了她整个身心。

劳拉出门的时候没人知道，即使她现在叫喊，溪水的咆哮声那么大，也不会有人听到。

溪水比狼和牛还要可怕，虽然它不是活物，却强大得让人胆战心惊。溪水没有人性，不会管任何人和动物的死活。劳拉会被它卷走，并冲到很远的地方，就像那些柳树枝一样。

渐渐地，劳拉没有了力气，双手也已经麻木，她已经感觉不到自己抱住的是什么了。

"我要爬上去，一定要爬上去！"劳拉在心里对自己说。

她用尽力气一蹬腿，两只手再用力一拽，她成功了。她无力地趴在独木桥上，耳边依旧是小溪咆哮的声音。

劳拉紧紧贴着独木桥,她不断地喘着粗气。"还好,这桥结实。"她在心里想。

劳拉想站起来,可是头很晕,只好趴着离开独木桥。

拿着鞋子和袜子,刚走到家门口,劳拉却站住了,她在想,要是妈问起来,应该怎么和她说呢?

在门口站了好一会儿,劳拉才往家里走,可是刚走到门里面,她又停住了脚步。她的身上还在一滴一滴地往地上滴水。

"劳拉,你去哪里了?"妈正在缝衣服,抬起头看到了劳拉,又变得十分惊讶起来:"噢,天啊,你这是怎么回事,难不成你掉进小溪里面了吗?"妈说着就赶紧脱劳拉的湿衣服。

"不是的,妈,我没有掉进去。"劳拉解释着,"我是走进去的……"

妈安静地给劳拉脱衣服,然后擦干她的身子给她换上了干衣服。劳拉冷得浑身打颤,牙齿颤抖地相互撞击。妈让她坐在温暖的火炉边,并给她裹了一床很厚的毛毯。虽然劳拉把"走"进小溪的整个事情都告诉了妈,但妈依旧一句话也没说。

"你应该清楚,劳拉,你太不懂事了。但我不会骂你,也不会打你,你要明白,你差一点儿就被小溪夺去了生

在梅溪边
On the Banks of Plum Creek

命。"妈最后终于说话了。

劳拉一言不发。

妈说:"以后没有我和爸的允许,你不准再去溪边了,除非水位下降。"

"我答应你,妈。"劳拉点着头。

水位总有一天会下降,那时候,这里又会成为一个非常适合玩耍的地方。只是,小溪水位下降这种事情谁也无法指挥,全凭它自己的心情。劳拉这才明白,在这个世界上,比人更伟大、更厉害的东西还有很多。

不过,强大的小溪没有打败劳拉,掉进去的时候,她没有哭,也没有喊救命,是凭自己的力量爬上来的。

漂亮的新家

溪水逐渐退了，天气也慢慢变暖了，爸每天早上都赶着圣诞马山姆和戴维去犁地。妈对爸说："你难道想在地里种花吗？非要把自己累死啊！"

爸解释说，冬天的时候雪下得太少了，土地还特别干燥，必须犁得更深一些才能开始种小麦。很早的时候爸就起床工作，天黑了他才会回来。每天，劳拉都会在门口望着外面的黑暗，仔细听着黑暗中的响声。当黑暗中响起山姆和戴维走路的声音时，她就会立马拿着灯笼，跑到牛棚

在梅溪边
On the Banks of Plum Creek

里面等着,陪着爸给山姆和戴维喂食。

爸非常累,话很少,也很久没有笑过,吃完饭就上床休息了。

小麦种好以后,爸又种了一些燕麦。他还划出了两块地,一块作为园地,一块用来种马铃薯。劳拉和玛丽还有妈帮爸种马铃薯和园子里的种子,年幼的卡莉也跟在他们后面凑着热闹。

因为小草,整个世界穿上了一件绿色的外衣,柳树也伸展出了黄绿色的叶子。好看的紫罗兰和毛茛生长在低洼地带。薰衣草的花瓣和草酸叶嚼起来的味道非常不错。似乎,只有麦地里没有光色,一片土黄,光光的,没有任何植物。

傍晚,劳拉跟着爸出来散步,在棕色的麦地边,他指着一个地方让劳拉看。劳拉看到了一片浅绿色,原来是小麦的芽!

很多小麦都发芽了,只是特别细小,不仔细看根本就看不到。但正是因为这些细小的麦芽,才有了一片好看的绿绿的蒙蒙的东西。

小麦发芽了,这是一个很好的开始。为此,一家人都特别开心。

第二天,山姆和戴维拉着爸去了一趟城里,它们的速

度很快，只用一个下午的时间就把爸带回来了。甚至都没让劳拉和玛丽有过多的等待，姐妹俩还没来得及想念爸。劳拉听到了马的声音，然后一股烟似的跑到草岸上去迎接爸。

爸一脸微笑地坐在车上，他身后的车厢堆满了木材。爸开心地说："卡洛琳，咱们的新房子来啦！"

爸买回来的木材锯得很好，非常直，还泛着亮光，特别好看。劳拉还从未见过这么好看的木材，她踩着车轮爬到了马车上。

妈对爸说："可是，我们的麦子现在并没有长高，查尔斯。"

"没关系，这些木材是他们先给我们的，到时候麦子收割了，卖了钱，再给他们是一样的。"爸说。

劳拉看着爸问："我们要用这些木板盖一栋房子吗？"

"是的，亲爱的劳拉，我们很快就将会有一栋用木板建造而成的房子，它的窗户将会用玻璃装饰而成。"爸说。

爸说得没错，第二天尼尔森先生就过来帮爸一起挖地基，开始建房子了。很快，劳拉他们就会拥有一栋非常结实漂亮的房子，而这一切，全得益于即将长起来的麦子。

玛丽和劳拉都不愿意继续做家务活了，她们想去外面看建房子。可是妈一定让她们先干活，不干完不准出去。

在梅溪边
On the Banks of Plum Creek

妈说:"做事不允许马马虎虎的。"

因此,她们只好先在家干活:仔细地洗好碗,将它们放到橱柜里;叠好被子;用柳条制作而成的扫把扫完地,并将扫把放好……家务活都做好后,姐妹俩才能出去。

从阶梯上跑下去的她们,穿过独木桥和柳树后就到了草原上。在一个绿茵茵的草丘上,爸和尼尔森先生正认真地挥舞着工具。

兴高采烈的她们冲到了爸和尼尔森先生旁边,他们正在做支柱。一根木柱立在那里,他们的锤子发出的声音异常愉快,刨出的刨花很长,还伴有木材的香味。木柱上方的天空万里无云,无比蔚蓝。

这些刨花对别人来说可能一文不值,但是两个小姑娘却异常喜欢。她们把它拿来做成了耳环和项链。劳拉还把刨花放到头发上,这样,她就有了一头金色的卷发。金色的卷发,一直是劳拉想要的一种头发。

他们将支柱捶得很紧,似乎怎么也摇晃不了,然后将多出的一些木头用锯子锯掉,地上便有了很多的碎木屑和碎木块。这些木块和木屑在两个小姑娘眼中也是宝贝,姐妹用它们堆起了一座座小房子,玩得非常开心。

爸和尼尔森先生在木柱上钉了斜板,又在上面压上屋顶板。这些屋顶板大小都一样,又结实又规整,屋顶用它

们铺成，严丝合缝，根本找不到一点儿缝隙。

接着，爸和尼尔森先生又把光滑的木板铺在了地上，它们拼在一起就像一整块一样，这是因为每块木板的边上都有槽。在一楼天花板的位置，爸又铺上了一层厚实的木板，这也将是二楼的地板。

在一楼，爸还装了隔板，一下子，一楼就有了两个房间，一个作为卧室，另一个作为起居室。心灵手巧的爸在起居室安了两扇玻璃窗，一扇朝阴，一扇朝阳。卧室也有两扇和起居室一模一样的窗户。

窗户从中间分成了上下两半，从下可以往上推，用一根棍子作为支撑物将它撑起来。每一半都有六格玻璃，非常好看。劳拉还是第一次见到这么漂亮的窗户。

前门的对面还有一扇后门，在后门的外面还有一个房间。这个房间很小，和前门的房子比差远了。小房间的屋顶斜靠在房子上，能挡住冬天的寒风，平时还能在这里堆放一些杂物。

忙完之后，尼尔森先生就回家了，劳拉则用一堆问题困住了爸。

爸和劳拉说，她和玛丽睡觉以及玩耍的地方在阁楼上，卧室是留给妈、卡莉和爸自己住的。劳拉说想去看看阁楼的样子，爸便停下了手中的活儿。

在梅溪边
On the Banks of Plum Creek

劳拉冲上楼梯,将头从阁楼的进口伸了进去,四处张望。阁楼很宽敞,地上的木板非常光滑亮丽,楼梯泛着黄色的光芒,那是黄色的屋顶板散发出来的。往上望去,劳拉看到了屋顶两头的窗户,那些窗户和一楼一样,也是玻璃做成的。

玛丽非常害怕在穿过阁楼的那个楼梯上爬上爬下。劳拉也是,但她是个好强的人,装作胆子比玛丽大。很快,她们就熟悉了楼梯,变得不再那么害怕了。

新房子并没有完工,爸继续工作着。他在墙上钉了一层沥青纸,又在纸上用钉子钉了好些木板。这些木板不仅长,还特别光滑,它们一块连着一块。房子浑身上下都围满了钉子。

"我们的新房子没有一点儿缝隙,就像鼓一样,再也不用害怕大雨和冬天的寒风了。"爸一边给门和窗户钉着框架,一边对劳拉和玛丽说。

说完,爸又给房子装上了从城里买来的门,这扇门比爸以前用斧头做成的门亮滑多了,安装好后特别好看。在门的上下,还有比门要薄一些的嵌板。门上面的铰链也是从城里买来的,它们可比自己做的木铰链好多了,木铰链转动的时候会发出很奇怪的嘎嘎声,而它们不会发出任何声音,还能一下子就把门关上。

带着好看的白色陶瓷门把手的锁也是从城里买来的,把钥匙插进里面轻轻转动一下,会发出咔嚓的声音。

爸问劳拉和玛丽:"我将会把我的一个秘密分享给你们,但你们得答应我要保密,不要告诉任何人。"她们点着头。

"也不能告诉妈。"爸说。她们又点头。

在屋顶的那间房子里,爸在那里藏了一个烹调炉,黑色的。那是他从城里买回来的,他想送给妈,但不想让她事先知道,想给她一个惊喜。

这个烹调炉非常奇妙,在它的顶上,有四个盖着盖子的圆洞。每个盖子上还有一个嵌着把手的小槽,那是用来拉开和关上盖子的。炉子还有一道带口子和铁片的门,炉门很低,口子非常狭长,推动这块铁片,就能控制炉门了:想让它关就关,想让它开就开。

狭长的炉门下面有一个用来通风的地方,一块长方形的、用来阻挡灰尘的隔板从那儿伸了出来。这块隔板是凹形的,盖住它的盖子上面有一串字母和数字。

劳拉缓缓地读了出来:"P-A-T,1-7-7-0。"但她不知道字母和数字都代表什么意思。

炉子上一扇比较大的门被劳拉打开了,里面有一块方方正正的隔板立在那儿。劳拉问爸:"爸,这是干什么的呢？"爸回答她："是烤箱，可以烤鸡。"

那个好看的火炉被爸弄到了起居室，他还把火炉管立了起来。火炉管一直伸到了屋顶上的一个早就修好的洞里。然后爸又爬了上去，把一块白铁皮管套在了火炉管的上面，这样，就能防止雨水顺着火炉管流到屋子里来。

从此，草原上出现了一个新朋友：烟囱。

然后爸说："咱们的新房子已经完工了。"

房间特别亮丽，给人的感觉像是站在外面的草原上，这是因为玻璃窗的缘故。墙面和地面都铺上了黄色的木板，往外散发着诱人的木材香味。精美的烹调炉摆在一个角落里。将白色陶瓷门把手轻轻一拧，门就开了，门把手上的铁芯再一转，新房子的门就关上啦！

"明天我们就可以搬进来了，"爸高兴地说，"今晚将是咱们最后一次在地洞里睡觉。"

爸牵着她们走下了草丘。麦地里面的麦苗悄悄地伏在那里，绿茵茵的，呈现出来的线条非常柔和。整块麦地是四方形的，它的边线非常顺直。周围的野草，在小麦的映照下，似乎变得更绿更好看了。

搬进新家

搬家那天的阳光非常耀眼,他们把地洞里的东西都搬到了马车上,准备拉到新家去。劳拉和玛丽心里一直装着爸给妈的那个秘密,她们显得非常激动,早就急不可待了。

妈丝毫没有察觉到什么,她把现在用的火炉里的柴灰倒在了外面,以便爸能把它带到新屋子里去。

"你买的火炉管够长吗?"她问爸。

"当然,卡洛琳。"爸一本正经地说。

在梅溪边
On the Banks of Plum Creek

劳拉很想笑,但是她忍住了。妈问她怎么了,她摇摇头说没什么。

山姆和戴维拉着马车,向新房子走去。劳拉和玛丽以及妈的手上都拿了很多东西,小卡莉则摇晃着身体走在她们的前面。她们通过独木桥,来到了通往新房子的路上。新房子是用木头建造而成的,此时,正在那片草丘上绽放着诱人的光芒。

爸从马车上跳了下来,等着妈,他要带她去看那个新的烹调炉。

妈经过那个在单坡上的屋顶时,突然停了下来。她很吃惊,嘴巴张得很大,然后有些有气无力地说:"老天啊!"

劳拉和玛丽兴奋地叫了起来。卡莉虽然不知道出了什么事情,但也跳了起来。

"这个新的烹调炉是给你的,妈!"劳拉说,"它的里面有个烤箱,还有一个把手和四个圆圆的盖子。"

玛丽也跳了起来:"烹调炉的上面还有字母,P-A-T,读作 pat。"

妈摇了摇头:"你不应该买这个的,查尔斯。"

爸搂住妈:"卡洛琳,你不用担心,没事的。"

"查尔斯,我并不是担心,我只是觉得我们盖了新房

子,还买了窗户,现在又买了新的烹调炉——我怕我们吃不消。"妈看着爸一脸担忧。

爸一脸的自信:"这没什么好担心的,你看看窗外那片绿油油的麦地吧,这些都不是事儿。"

劳拉和玛丽拉着妈去看烹调炉,并教她怎么打开盖子,怎么给炉子通风。

妈却一直紧紧地盯着烤箱看,上下打量着它。她有些夸张地说:"我的天啊,要是用了这么漂亮的烹调炉,不知道以后我还会不会做饭呢。"

很快,妈就用这个又大又好看的烹调炉开始做饭。外面的阳光通过开着的窗户和门照了进来,房间非常敞亮,空气特别清新。劳拉和玛丽在漂亮的桌子上摆着餐具准备吃饭。

吃完饭后,大家依旧坐在餐桌边不愿意离去,欣赏着敞亮的屋子。在这样的屋子里吃饭,实在是一件非常美妙的事情。

爸说:"房子的布局目前先就这样吧。"

他们拿出了一席洁白的窗帘,挂在玻璃窗上。窗帘是妈用一床不用的床单改制而成的,因为浆洗过,所以洁白如雪。窗帘上还有好看的花边。大房间里的窗帘花边,是妈用卡莉那件被磨破的粉色小裙子缝制而成的。卧室窗户

在梅溪边
On the Banks of Plum Creek

的花边则是用玛丽一件蓝色的裙子缝制而成的。

卡莉和玛丽这两件被改成窗帘花边的衣服,是爸从城里买回来的,不过是以前住在大森林里的时候了。

爸在挂窗帘的时候,妈拿出了两张棕色的包装纸,它们很长,是妈以前收藏起来的。妈把它们折起来,然后教劳拉和玛丽怎么用剪刀剪出好看的图案。没一会儿,她们就剪好了,展开一看,是一排星星。

妈把这些星星铺在炉子后的架子上,星星们垂了下来,亮光照着它们,它们似乎在一闪一闪地发着光。

挂好窗帘后,妈又在卧室的角落挂了两块床单,那是她和爸用来挂衣服的。妈又在阁楼上挂了块床单,这是留给劳拉和玛丽挂衣服的。

这下,房间变得越来越漂亮了。洁白的窗帘挂在玻璃窗的两边,阳光透过它们照射到了屋里。房子里面立着支柱,墙上散发着好闻的松香味。一座楼梯架在墙边,通过它能去到阁楼上。角落里放着又黑又亮的烹调炉和火炉管,一个挂满星星图案的剪纸的架子立在它们旁边。

桌子上有一块红色的格子布,这是吃零食时用来垫着的。上面还有一盏台灯,台灯旁边放着几本书:《圣经》《米尔班克》《动物世界的奇观》。桌子的旁边还有两个凳子。

就剩最后一件事情没有做了。爸在窗户上搭了一个支

架，妈又在支架上放了一个牧羊女的瓷像。

支架是木头的，这是爸以前送给妈的圣诞礼物。支架是非常好看的棕色，上面还有很多漂亮的图案，有星星，还有藤蔓。牧羊女的瓷像非常好看，蓝色的眼睛，红红的脸颊，漂亮的金色头发，它穿的上衣是紧身的，下身围着小围裙，脚上还套着一双小鞋子。这个也是爸送给妈的圣诞节礼物。这个小牧羊女的瓷像一直陪伴着他们，从大森林到印第安保留区，再到明尼苏达州的梅溪边，它一直都和他们在一起。而现在，它站在支架上，正对着他们笑。瓷像保存得很完好，上面没有任何刮痕，光鲜亮丽，就像刚买回来似的。

那天晚上，劳拉和玛丽就睡在阁楼的床上。因为旧床单都用光了，所以阁楼上就没有窗帘。劳拉和玛丽每人都有两个小箱子，一个用来当凳子用，一个用来放自己的小物品。劳拉的箱子里装着的是布娃娃夏洛特，玛丽的箱子里面放着的却是布袋子和一个杂物盒。她们换衣服的地方在帷幕后面，那里是属于她们的地方，不会有人来打扰。

阁楼其他都好，唯一不好的地方是，杰克无法上来，因为它不会爬楼梯。

劳拉在新房子又跑又跳了一天，非常累，很快就躺到了床上。但是新房子太安静了，她有些怀念曾经的地洞，

在梅溪边
On the Banks of Plum Creek

她已经习惯了窗外小溪流水的声音。新房子却安静得让她没有丝毫睡意。

劳拉突然听到了楼顶传来的声音,那声音非常微小,像是有什么在拍打着屋顶。她把眼睛睁得大大的,屏住呼吸。

听了一会儿,劳拉明白了,是雨声。她几乎忘记了雨滴拍打屋顶的声音。以前住在地洞的时候,雨滴声都被屋顶上的草皮和泥土给挡住了,根本无法听到。

伴随着屋顶的雨声,劳拉眯上了眼睛。

老螃蟹和寄生虫

第二天一大早，劳拉直接从床上跳到了地板上，地板上的木材香味依旧那么迷人。她抬头，看到了黄色的屋顶板，还有一根撑着它的椽子。

劳拉还看到了窗户外去往草丘的小路，和如丝绸般漂亮的麦地的一部分，还有它旁边的燕麦地。离燕麦地更远的地方是草原，金黄色的太阳光正出现在它的边沿。再往远处的地洞和柳树林，以及水潭，似乎是很久远的事情了。

在梅溪边
On the Banks of Plum Creek

阳光突然射进了窗户,照到了她的睡衣上,玻璃窗和地板上也布满了阳光。劳拉叉开的手和她睡帽里的头发,以及玻璃窗上的闩子都有黑黑的奇形怪状的影子投在地上。

"劳拉,玛丽,快下来吃早饭了。"妈在下面朝阁楼上喊道。劳拉听到了烹调炉煮东西的声音。

新的一天来了,这一天是在新房子里开始的。

吃早饭的时候,劳拉突然问爸:"爸,我还可以去小溪那儿玩耍吗?"

"这是不可以的,劳拉,那里有很多很黑很深的洞穴,不安全。"爸说,"不过,要是家务活完成了,你和玛丽可以一起走走尼尔森先生来我们家干活时走的那条路。希望你们能发现一些有趣的东西。"

两个小家伙赶紧去做家务。

位于单坡的房间,是一个充满惊喜的地方。两个小姑娘在这里发现了一把用黄绿相间颜色的毛做成的扫把,这些毛又薄又硬,很适合扫地。妈告诉她们说这些毛是扫帚草,专门用来制作扫把的。扫把的把手不仅圆,还很长很直。用扫帚草制作的扫把非常好用,比爸之前用柳树枝制作的那把扫把好用多了。它能扫走地上任何一丝灰尘,让地面变得非常干净。

打扫完屋子，做完其他家务活后，劳拉和玛丽就飞似的朝小路的方向跑去。她们早就等不及了，劳拉还没走几步就跳了起来，脑袋上的太阳帽脱落了下来，挂到了她的脖子上。劳拉光着脚丫子在草地上跑着，速度非常快，周围的景象像风似的往后倒退着。

劳拉一直跑到了小溪边。

小溪已经变得让劳拉有些不敢相信，它变大了，处在低处的草岸里，很缓和地流动着。

路的尽头通向大柳树的树荫，一座桥架在水面上，通过它能去到一片草地，草地阳光明媚，风景非常好。过了桥，依旧能看到小路，它的尽头在一座蜿蜒的山丘边。

劳拉明白，通过这条路，能到尼尔森家。但是劳拉知道，小路是没有尽头的，它会一直围绕着蜿蜒的山丘转一圈，再穿过小溪，去到对岸，观看那里诱人的风景。

溪水从梅树林流了出来，在它的两边，梅树林长得非常茂盛，枝叶垂在水面上，让水的颜色看起来非常暗。

玛丽来了之后，劳拉才和她一起去到水里。在浅浅的水里，她们嬉戏着，打闹着。水里有很多漂亮的石头，一些小鲦鱼来咬她们的小脚。眼尖的劳拉发现了一个很奇怪的东西。

那个奇怪的东西非常长，和劳拉的脚差不多，绿褐色

在梅溪边
On the Banks of Plum Creek

的身体看起来非常光滑,前面有两只长有爪子的前臂,爪子像钳子一样,不仅大,还特别扁。它鼻孔里的毛伸到了外面,眼睛圆鼓鼓的,尾巴是叉形的,看起来像纸一样薄。

玛丽很害怕这个奇怪的东西:"这是什么!"

劳拉心里也有些害怕,她弯着身子观察着它。突然那个东西刷地一下就从劳拉的面前消失了,速度极快,它游到了劳拉的身后。它藏在了一块石头下面,石头的缝隙里泛出了一些浑浑的黄水。

没过多久,这个奇怪的东西又从石头里面爬了出来。它先把爪子伸了出来,然后头也出来了,并四处打量着。

这个奇怪的东西非常有趣,当她们走到它身边时它赶紧躲了进去,但当她们稍微离开得远一些,它就轻轻地爬出来,想用爪子夹她们的脚。劳拉和玛丽非常害怕,叫喊着躲开了。

它的爪子把劳拉戳它的棍子夹断了,她只好又找了一根更粗一些的。它夹着粗棍子不放,劳拉就将它和棍子一起从水里拎了出来。它卷曲着尾巴,又圆又大的眼睛死死地瞪着劳拉。最后,它还是松了爪子,掉进了水里,躲到了岩石下面。

可是,她们在水里嬉戏划水的时候,它又会出来,伸开它那吓人的爪子。而她们总是会被吓得哇哇大叫。

小木屋的故事
Little House Books

在水里玩累了,她们就走出小溪,坐在独木桥上休息,独木桥被一块树荫罩着,非常舒适,她们一边听着水流的声音,一边看着水里的水花。休息好之后,她们又向水里走去,直到梅树林下才停止。

小溪底下有很多湿泥,玛丽不愿意再下去,她怕把脚弄脏。只有劳拉一个人去到了水里,玛丽则一直坐在岸边。

水上漂浮着很多落叶,劳拉在河底狠狠地踩了一下,水面上便有了淤泥的泥浪,原本清澈的水开始变得浑浊。水里冒出了一股刺鼻的腐朽味,劳拉抬了抬沾满淤泥的小脚,去到了洒满阳光的清澈水域。

劳拉的脚上沾了很多泥块一样的东西,摸起来像泥巴一样柔软,颜色也和泥巴差不多。只是不管怎么清洗它们都不掉下来,用手抠也无济于事。

劳拉突然停止了所有动作,站在那里大声叫着玛丽:"快过来!玛丽,你快过来!"

玛丽跑了过去,看到劳拉脚上的东西她很害怕,她觉得那是虫子,而她又特别讨厌虫子。劳拉看着这些粘在脚上的东西很恶心,于是她用手指紧紧地掐住一只,慢慢地往下扯。

那东西被扯得很长很长,但就是粘在劳拉的脚上,不

在梅溪边
On the Banks of Plum Creek

愿意下来。

"快停下来,劳拉,它马上就要变成两截了。"玛丽喊道。

劳拉继续扯着,虫子越来越长,最后终于掉了。血从被它粘着的地方渗了出来。

劳拉将它们都扯完了,被它们粘过的地方都流出了血。

劳拉不想再继续玩耍了,洗了手和脚,就和玛丽一起回家了。

吃晚饭的时候,劳拉把在小溪里遇到的事情告诉了爸妈。她说那种可怕的吸血的虫子没有四肢,也没有头和眼睛。

妈觉得那是医生用来给人治病的水蛭。爸却说是寄生虫,它们主要生活在水里和泥土里。

劳拉说:"我很讨厌它们。"

"很好,如果你不想出事的话,那就躲得远远的。"爸说。

妈也说:"不过,以后你们去小溪的时间也会变得越来越少了,现在住的地方基本安顿下来了,离城里也不远,你们要去学校读书了。"

两个姑娘相互对视了一下,心里咯噔着:"读书?"

捕鱼笼

听到了很多关于学校的事情,劳拉内心就更加抵触上学了,她对妈说:"妈,非得去上学吗?"她不想离开小溪,一天也不想。

妈告诉劳拉:"当一个女孩子八岁的时候,她就应该去学校读书,而不是在外面疯跑。"

"没关系,妈,我认识单词的,不用去学校也没有关系。"劳拉向妈乞求着,"不信,我拿本书读给你听听看。"

劳拉拿了一本《米尔班克》翻开,看着妈慢慢地读了

在梅溪边
On the Banks of Plum Creek

起来:"米尔班克家里的门窗都关得紧紧的,挂在门把上的黑色纱巾飘舞了起来……"

"劳拉,其实你这根本就不是在读上面的单词,"妈打断了劳拉,"你读的那句话是我以前读给爸听过的。除了认单词之外,你还需要学的东西有很多,书写、拼写以及算数等。你不要再说什么了,下周一你和玛丽就一起去学校读书吧!"

玛丽正安静地在缝着什么,她似乎并不反对去上学。爸正在单坡屋顶的门外锤着什么东西。劳拉在没有任何征兆的情况下突然跑了过去,爸的锤子差点儿锤到她。

爸尖叫了起来:"差一点儿你就被锤子锤到了,不过我应该想到的,你经常做出这样让人无法预料的事情。"

爸正在把一些剩余的木板用钉子钉在一起。

劳拉问爸:"你这是在干吗?爸。"

"怎么,难道你想帮忙吗?我正在做的是一个捕鱼笼。"爸微笑着说。

劳拉给爸递着钉子,爸将它们都钉在了木板里。他们正在做一个又长又窄的箱子,箱子没有盖子,木板间有很多缝隙。

劳拉好奇地问爸:"这个怎么抓鱼呢?爸,鱼要是进去了,它们又可以从缝隙中游出来啊?"

"肯定可以的，你到时候就知道了。"爸说。

爸拉着劳拉的手，把她带到了溪边，他们穿过梅林来到了水潭边。这个地方的水流声比其他地方的要大，还很窄，溪岸也比较陡。爸从灌木丛里跳了出来，到了溪里，劳拉则是慢慢地爬着下去的。

一条瀑布出现在了下面。

很奇怪，瀑布上面的水流很湍急，下面的却很平缓。上面的水哗哗地流着，下面的水则被弹得飞出了好远，然后落下，又跟着其他水流一起流走了。

劳拉不知疲倦地看着瀑布。爸和她一起把捕鱼笼安放在了瀑布的底下，鱼笼里流进了一些水，很多好看的水花就被溅了起来。那些流进笼子的水慢慢地从木板之间的缝隙中流了出来，还冒着很好看的泡泡。

"鱼会随着这些瀑布流进笼子，一些小鱼会从木板之间的缝隙中游走，大的鱼游不出去，它们没有腿从箱子的顶上爬出去，因此，只能待在笼子里。"爸对劳拉解释着。

瀑布上出现了一条很大的鱼，劳拉惊喜地叫着爸。爸把那条鱼抓了起来，它摇摆得很厉害，想挣脱爸的手。劳拉吓得差点儿坐到水里。那是一条银白色的扁鱼，拿在手上看了一会儿，爸就把它放进了笼子里。

劳拉看着爸问："爸，我们可以再多抓一些鱼吗？晚上

在梅溪边
On the Banks of Plum Creek

可以吃。"

爸说:"我还有很多事情要做,打井和整理菜地……"但爸又突然改口了,他慈爱地看着劳拉:"这些事情可能需要的时间并不长。"

水从上面飞速地流了下来,出现了很多璀璨好看的浪花。劳拉和爸就那么蹲在那里等着鱼。劳拉感觉脚下有些湿凉,身上和头上却被太阳照射得暖暖的。一旁有很多灌木丛,散发着很好闻的香味,伸出的大叶子挡住了天空的阳光。

"爸,我非得去学校读书吗?"劳拉问爸。

"上学不错,你会喜欢的。"

"我不想离开这里。"

"劳拉,我知道你在想什么,"爸很认真地说,"但是你要知道,读书学习知识这种事情不是每个人都能遇到的。妈以前是老师,来西部那会儿我答应过她,要让你和玛丽都去学校里读书,因此我们才在这里落脚。现在住的地方离城里很近,你们上学也方便。你和玛丽都不小了,她九岁,你八岁,都是上学的年纪了。劳拉,好好去读书好吗?"

"好的,爸。"劳拉的声音有些无奈。

这时候,一条大鱼从瀑布上冲了下来,爸还没来得及

抓，又来了一条。爸用一根削得很尖的棍子将抓到的四条大鱼串在了一起，然后拿着它们回家了。

看到这四条鱼时，妈睁大了眼睛难以置信。爸将鱼杀了，切掉鱼头，挖出内脏，然后教劳拉怎么刮鱼鳞。爸刮了三条鱼，劳拉刮了一条。

妈给杀好的鱼抹了一层面粉，然后丢到锅里炸。今晚，他们的晚餐是香喷喷的鱼。

妈有些幸福地对爸说着："不管我心里想什么，你似乎都能知道。现在是春天，没有多少吃的，我一直都很担心这个问题。"

春天的时候，所有的兔子和鸟儿都在家里带自己的孩子，爸不能去猎杀它们。

"当收获了麦子以后，我们每天都能吃到用肉汁和鲜牛肉制作成的咸肉。"爸说。

此后，他们经常能吃到鱼。爸每次用笼子抓鱼的时候，从来都不会多抓，只要够吃一顿就行，如果有多的鱼，他会将它们放生。

他们一天三顿都能吃到鱼，爸捉到的鱼各种各样：鲶鱼、牛鱼、梭鱼，还有长着胡须的鲇鱼和银白色的鱼，以及一些叫不出名字的鱼。但是无一例外，味道都很鲜美。

上 学 了

礼拜一，劳拉和玛丽吃完早饭后就爬到阁楼上换上了最好看的衣服。劳拉的衣服是红色的，上面还有小树枝的图案。玛丽的衣服则是蓝色的，和劳拉一样，衣服上也有小树枝的图案。

然后，妈给她们把头发扎好，用细细的绳子绑住头发的尾巴，再给她们戴上了太阳帽。妈本来是想给她们系上漂亮的发带的，但最后却没系，妈担心她们会弄丢。

妈把劳拉和玛丽带到自己的房间，从盒子里拿出一本

读本和一本算术书,以及一本拼写课本。她严肃地望着劳拉和玛丽说:"它们现在已经是你们的了,我相信,你们一定会好好学习的。"

"没错,妈。"劳拉和玛丽异口同声。

玛丽拎着三本书,劳拉的手里有一个小桶,里面用一块干净的布盖着两盒午饭。

妈站在门口看着远去的劳拉和玛丽:"在学校里一定要好好学习啊!"

杰克一直跟在她们后面跑着,虽然它不知道她们要去哪里,但还是一直紧紧跟着。当她们顺着马车的印记一直走到草丛时,杰克依旧在跟着。

要过溪水的时候,杰克在后面叫了起来。劳拉蹲下来摸着满面焦急的杰克,告诉它不用继续跟着了,不用担心她们。但是杰克依旧十分担心地在身后看着她们。

为了不让溪水溅湿裤子,她们很小心地走着。一只苍蝇从水面上飞了起来,它拍打着翅膀,腿悬挂在半空中。

她们很小心地在草丛里面走着,只有累了才会顺着马车的轮印往前走。她们必须保持双脚的干净,因为她们要去上学的地方在城里。

劳拉和玛丽的步子很轻。

身后,杰克依旧坐在那里看着她们。远处,草丘上

在梅溪边
On the Banks of Plum Creek

的房子变得越来越小,妈已经没有再看着她们,进到屋里去了。

晶莹的露水覆在草丛上面,有鸟儿在欢快地唱着歌,鹬鸟长长的腿惬意地走来走去。周围还有母鸡的咯咯声和松鸡的唧唧声。一旁的兔子抽动着耳朵,站立着双脚,圆圆的大眼睛疑惑地看着劳拉和玛丽。

来之前爸告诉过她们,这里离城里只有两英里的路程,小路能直接延伸到城里。因此,当她们看到一栋房子的时候,就知道已经快进城里了。

雪色的白云布满一望无际的天空,影子倒映在草原上。小路继续向前延伸着,上面布满了马车走过的车轮印。

"劳拉,看在上天的面子上,我觉得你应该把太阳帽戴上。不然,这么热的天,你的皮肤会变得和印第安人一样。如果变黑了,城里的女孩们会欢迎我们吗?"

"我不怕!我才不在意这些!"劳拉的声音异常果断。

"你会害怕的,你会在意这些的!"玛丽说。

"我怎么可能害怕!"

"你一定会害怕!"

"我不会!"

"你会的,我知道,我们都很害怕去城里!"玛丽说。

劳拉不说话了。然后,她戴上了太阳帽。

"无论如何，我们是两个人。"玛丽对劳拉说。

终于见到了城镇。从现在的距离看，城镇就像一堆堆放在草原上的木头。路渐渐地向下滑着，"木头"也从视界里消失了，不过她们还看到了蔚蓝的天空和郁郁葱葱的草丛。

没一会儿，她们又走上了上坡，这下，她们看到的城镇越来越大了，很多烟囱都在向外冒着青烟。

开始出现了泥巴路，经过一栋房子之后，它直接通向了一家有阶梯门廊的商店。

在商店的另一边，还有一个铁匠铺。铁匠铺离小路有一段距离，一个穿着皮裙正在拉风箱的男人站在前面的空地上。空地很大，风箱里面有很多很红的煤炭，煤炭里有火焰在往外飘。

那个穿皮裙的男人，用铁夹子在煤炭里面取出来了一块铁，那块铁烧得很红，他用锤子使劲往上面砸的时候，有许多火星子在空中飘舞着。

她们走向一栋背对着她们的楼，地上没有长草，这可比草原的路坚硬多了。

在那栋楼的前面，有一条和她们现在走的路交叉着的路，那条路也是泥巴路。延伸到前面两家商店的门前时，马车的轮印就消失了。她们站在那儿，望着那条泥巴路。

在梅溪边
On the Banks of Plum Creek

突然听到了孩子嬉戏的声音。

玛丽叫劳拉:"快点儿,劳拉,这里应该就是学校,爸说,只要有吵闹声音的地方,就是学校。"

劳拉站着不动,她很想转身直接跑回草原。

她们顺着泥巴路朝有吵闹声的方向走去。从商店的中间进去,她们看到了一个门口堆满木头和屋顶板的院子。爸盖新房子的木材应该就是在这里买的。然后,她们在泥巴路的尽头看到了学校。

有一条周围布满草丛的路能直接通到学校,很多孩子在学校门口跑动、玩耍。劳拉和玛丽一前一后朝学校走去。

那些玩耍的孩子突然安静下来,看着劳拉和玛丽走近。望着那些死死盯着她们的眼睛,劳拉居然情不自禁地挥舞着饭盒冲他们大喊着:"你们的吵闹声一点儿也不亚于草原上的松鸡!"

所有人都为这一幕感到惊讶,劳拉也不知道自己为何会如此。玛丽惊讶但悄悄地叫了她一声:"劳拉。"

一个满头长满火红色头发,一脸雀斑的男孩指着劳拉大叫:"你像鹬鸟!鹬鸟!腿长长的鹬鸟!"

劳拉和玛丽看了看自己的腿,恨不得钻到地缝里面去。她们的裙子比城里孩子的裙子短多了。还没搬到梅

溪边的时候,妈就和她们说过,说她们长大了,裙子变小了。那个男孩说得没错,她们的腿非常细,像鹬鸟一样细。

其他男孩也附和着那个满脸雀斑的男孩:"鹬鸟!鹬鸟!鹬鸟!"

"快住嘴!住嘴!为什么这么吵!桑迪!"一个红色头发的女孩走了过来,她推开那些围在一起的男孩,并训斥着那个满脸雀斑的男孩。

男孩们居然都安静了下来。

她走到劳拉的面前:"你好,我的名字叫克里斯蒂·肯尼迪,你叫什么?刚才那个很讨厌的男孩叫桑迪,是我的弟弟。但我保证,他虽然很讨厌,但并无恶意。"

克里斯蒂头上的辫子很直,扎得很紧,眼睛是好看的深蓝色接近黑色。她脸上有很多小小的雀斑,一顶太阳帽垂挂在身后。

克里斯蒂指了指玛丽:"她是你的姐妹吗?"然后她又指着那些拉着玛丽说话的女孩们说,"那些全都是我的姐妹,卡西的头发是黑色的,内莉的个子是我们这儿最高的,剩下的是唐纳德和桑迪,以及我。你呢?你有几个兄弟或者姐妹?"

劳拉指了指玛丽说:"我有两个,除了玛丽之外还有卡

在梅溪边
On the Banks of Plum Creek

莉,卡莉的头发也是金色的,不过现在她还是一个婴儿。我们家在梅溪边,家里还有一条叫杰克的牛头犬,你们家在哪里?"

克里斯蒂却问劳拉:"那个赶着两匹枣红色马的是你爸吗?马的鬃毛和尾巴是黑色的。"

"对,它们是我们家的圣诞节礼物,一个叫山姆,还有一个叫戴维。"劳拉说。

"你爸赶着它们从我家门前路过,你也应该路过了。"克里斯蒂回答劳拉,"就是那栋在铁匠铺、比德尔商店和邮局之前的房子,你一定路过了那里。我们的老师是一个很好的人,她是伊娃·比德尔太太,那边的是内莉·奥利森。"

内莉·奥利森的黄色卷发很长,头上有两个用蓝色的丝绸做成的蝴蝶结,非常好看。她的裙子是用细麻布制作而成的,虽然很薄,却很好看,上面还绣着一些蓝色的花儿。

内莉·奥利森踢了踢脚上的鞋子,看了劳拉和玛丽一眼,然后嘴巴就撅了起来:"乡下来的姑娘,你们好啊!"

劳拉和玛丽还没来得及回答,一位女士就在孩子们身后摇了摇铃铛。所有人都转身跑进了教室。

这位女士看起来非常年轻,头上棕色的刘海儿盖在了

小木屋的故事
Little House Books

她棕色的眼睛上面,脑后的辫子很厚很直。她上衣的扣子排成一排,似乎扣得非常紧,下身的裙子很紧,使下摆成了一个圆形。

她温柔地拍了拍劳拉:"小家伙,你是新来的吗?"

"对的,女士。"劳拉说。

老师又一脸慈祥地看着玛丽:"她是你的姐妹吗?"

"我是她姐姐,女士。"玛丽看着她。

女士转身朝教室走去:"好的,你们跟着我来吧,我要把你们的名字记在册子里。"她们跟着她到了教室,并走上了讲台。

教室的天花板和劳拉新家阁楼的一样,都是用屋顶板做成的。不过,整个教室却是用新木板修造起来的。教室的中间摆放了很多用刨光木板做成的长凳子,凳子后面的靠背又都连着后面的板凳,每条凳子上都有两张靠背。只有最前面和最后面的凳子没有隔板和靠背,其余的都有。

两扇开着的玻璃窗位于教室的两侧,同时开着的还有门。外面的风通过开着的门和窗吹到了教室里,一起传进来的还有草丛被风吹动的声音。在窗外和门外,是亮丽的苍穹和一望无际的草原。

在讲台上向老师报告年龄和姓名的劳拉,被外面精致的美景吸引了,她的眼睛不由自主地望向了外面。

在梅溪边
On the Banks of Plum Creek

在门口,有一条板凳,一个水桶放在上面,远处的角落,一把扫把倚墙靠着。一块连着凹槽的黑木板在讲台后面,那个凹槽里有很多长短不一的粉笔。除了粉笔还有一个用钉子钉着、用羊皮纸包着的木头摆在凹槽里。劳拉不知道那块木头是做什么用的。

玛丽能认识一些单词,还能写一些,她把自己会的都告诉了老师。可是劳拉什么都不会,既不认识字母,也不认识单词。

"玛丽可以学一些比较深的知识,劳拉得从最基础的开始。"老师对她们说,"你们带写字板了吗?"

她们没带,因为她们没有。

"没有写字板根本无法学习写字,我借给你们。"老师抬起桌盖,从里面拿出了写字板。

老师的桌子很神奇,像箱子,还是很高很大的那种。桌子有一面是空的,那是用来放脚的。桌盖能自由旋转,因为上面装有铰链。桌盖下面放了很多东西,有书本和尺子。

那个尺子是专门教训那些上课捣蛋、不认真听课还影响其他同学学习的调皮学生的。老师会点不听话的学生的名,然后他们走上讲台,把手心伸出来,老师就用那根尺子狠狠抽打。不过,劳拉是后来才知道这些的。

劳拉和玛丽挨着坐在一起，她们上课从来不会讲悄悄话，更不会打扰其他同学学习。坐着的时候，玛丽喜欢将脚放在地上，而劳拉却喜欢让它们悬在空中。

书摆在她们面前的隔板上，劳拉看书前面几页的内容，玛丽看书后面几页的内容，中间的一些内容则傻傻地立在那里。

劳拉那个班上只有她一个人，因为这个学校里只有她不认识一个单词。只要一有空，老师就会把劳拉叫到讲台上来，指导她认单词。

劳拉很聪明，才第一天她就会读了：c-a-t 读作 cat。这时候，她又想起之前爸告诉她的那个单词。"p-a-t，pat！"她脱口而出。

老师心里惊讶了一下，她开始教劳拉读更多的单词。"p-a-t，pat！m-a-t，mat！"

劳拉跟着老师一起读，很快，她就完全会读拼写课本里第一行的所有单词了。

中午，老师和同学们都回家吃饭了，教室里只剩下了玛丽和劳拉。她们把饭盒里的面包和黄油都拿了出来，一边吃，一边坐在草地上说着话。

"学校很不错，我喜欢。"玛丽说。

"是的，学校很好，我也很喜欢。只是，不知道为什么,我的腿有点儿酸。"劳拉揉了揉腿,"我不喜欢那个叫我们乡下姑娘的人,我记得她的名字,她叫内莉·奥利森。"

"可是,我们本身就是从乡下来的啊。"玛丽说。

"我们是从乡下来的,可是她说的时候为什么要冲我们撅着嘴巴啊!"劳拉一脸愤愤不平。

内莉·奥利森生气了

黄昏时分，还没到放学时间，杰克就坐在水滩那里等着劳拉和玛丽了。

她们把在学校里发生的事情都讲给了爸妈听，当爸听到她们借了老师的一块写字板后，有些不高兴，他觉得姑娘们欠了老师一个人情。

第二天早上上学的时候，爸从装小提琴的盒子里拿出了一个银币，交给玛丽，叫她买一块写字板。

"我能抓到很多鱼，可以一直吃到收获麦子的时节。"

在梅溪边
On the Banks of Plum Creek

爸说。

妈一边用一块手帕把银币包好放在玛丽的口袋里,一边附和着爸的话:"很快,地里的马铃薯也能吃了。"

天空蔚蓝无边,身边有微微的风吹过,路边的野花和草丛上有很多飞来飞去的蝴蝶和鸟儿,几只兔子刷地一下从眼前晃过。

玛丽紧紧捂住装钱的口袋,劳拉提着饭盒,兴高采烈地向学校走着。

进城后,她们按照昨天的路,从那条泥巴路上穿过,然后上阶梯,来到了奥利森先生家开的商店。来之前爸告诉她们,在这里能买到写字板。

商店里面的柜台很长,在它后面的那一面墙上,有很多放着东西的架子。架子上的东西品种丰富,有台灯,有罐子,还有烤饼盘和各种颜色的布,以及提灯等等。在另一面墙边,放着的东西完全是另一种风格,有犁具、电线卷和钉子桶,墙上挂着的东西也是工具之类的,有小刀、锤子和锯子等等。

一个很大很圆的黄油乳酪摆在柜台上,柜台前面的地上放着的东西更加丰富,有蜜糖、腌菜、糖果、饼干。除了糖果有两大桶外,每样东西都有很大一桶或者一箱。那两桶糖果她们很熟悉,和圣诞节时收到的是一样的。

内莉·奥利森和她的弟弟威利从后门蹦蹦跳跳地进来了。看到劳拉和玛丽后,内莉的嘴巴就开始撇开了。威利却叫喊了起来:"啊!鹬鸟!她们是鹬鸟!长腿的那种鹬鸟!"

奥利森先生赶紧制止威利:"不要说了,威利,快闭嘴!"

淘气的威利无视奥利森先生,继续冲她们吼道:"鹬鸟!你们是鹬鸟!"

内莉走到了放有两桶糖果的位置,她从一只桶里抓了一把糖果,威利从另一只桶里也抓了一把糖果。他们手里拿着糖果,一边吃一边看着劳拉和玛丽,但就是没有把糖果分给她们。

"内莉,你带着威利立刻去后面!"奥利森先生的声音很大。

但他们依旧无视奥利森先生,还是保持原样站在那里一边吃糖果一边看着劳拉和玛丽。

奥利森先生不再理会她们。他接过玛丽递来的钱,把一块写字板送到了她们手上。

"你们还差写字笔,一便士一支。"奥利森先生说。

"她们拿不出那一便士。"内莉抢着回答到。

"这没什么的,你们可以先拿着,下次你爸来城里的

在梅溪边
On the Banks of Plum Creek

时候再给我。"奥利森先生说。

"谢谢,我们不需要,先生。"玛丽说完就朝商店门外走去,劳拉也紧随其后。

走出商店,她们一回头就看到了站在门口,冲她们吐舌头做鬼脸的内莉。内莉的舌头上还有吃糖果留下的痕迹,那些痕迹是红色的和绿色的。

"老天啊!内莉简直太小家子气了!"玛丽感叹道。

劳拉没有说话,她在心里想着,要不是爸妈不让的话,她绝对会对内莉很不客气的!

写字板很漂亮,面色光滑,颜色看起来也很舒服。整洁平顺的木质边框的四个角连在一起,给人很巧妙的感觉。

她们需要一支写字笔。

为了给她们买写字板,爸已经花了很多钱了,她们不愿意再找他要钱。她们心事重重地向前走着。

劳拉突然想起了她们自己的钱,那还是在印第安保留区的时候,那年的圣诞节,她们在床头的长筒袜里发现了那些钱,她和玛丽一人一个便士。

那些钱她们至今都还留着,不过她们只要一支笔就可以了,因此只需要花出去一便士即可。

商量之后,她们决定用玛丽的钱去买一支笔,剩余的

劳拉的钱她们对半分。

第二天，她们在比德尔先生的店里买了写字笔，老师就住在那里，因此，那天她们是和老师一起去上学的。

她们没有在奥利森先生家的店里买笔。

那段时光过得很漫长，而且炎热，但劳拉和玛丽从未因此而不去学校。她们越来越愿意去学校了，她们喜欢学校里的读书课、算术课和写字课，还有周五的拼音默写。

课间休息的时候也不错，男孩子们在一边玩属于他们的游戏，女孩子们在另一边玩属于她们的游戏。劳拉会和小姑娘们一起到外面晒太阳、嬉戏，或者采花。玛丽则不同，她像其他一些大姑娘一样，安静地坐在阶梯上。

小姑娘们一直在玩一个叫编花篮的游戏，其实她们早就玩厌了，但是还得继续玩，因为内莉·奥利森有命令。

这天，内莉·奥利森还没有说话，劳拉就抢在她前面对大家说："我们今天玩约翰叔叔的游戏吧！"

女孩子们都兴高采烈地拍着手："好啊！好啊！"

内莉不高兴了，她抓住劳拉的头发，把她一把推倒在了地上，然后大叫道："不许玩这个，玩编花篮！"

劳拉很气愤，想对内莉以牙还牙，但她突然想起爸告诉过她不要和人打架，就忿忿地忍住了。

劳拉很不舒服，眼睛看不到东西，脸上仿佛也有什么

在梅溪边
On the Banks of Plum Creek

要炸开了。克里斯蒂走过来拉住了劳拉的手:"不用理她,劳拉。"

虽然很生气,但是劳拉还是配合着内莉,她和其他女孩子围成了一个圈,内莉在圈里面撩起了裙子,还把头发也盘了起来。内莉的动作很夸张,能看出来,她是一个很任性的人。

克里斯蒂带领大家开始唱歌:

约翰叔叔生病了在床上无法起来,
我们要送他什么礼物呢?

内莉大喊了起来:"我不玩这个!我要玩编花篮!要不然,我就不和你们玩耍了!"说着,她就从圈内跑了出去。没有人想过去把她追回来。

克里斯蒂对另一个女孩子说:"莫德,你站到中间去吧。"然后,她们又开始重新唱:

约翰叔叔生病了在床上无法起来,
我们要送他什么礼物呢?
馅饼,蛋糕,苹果,
还有肉饼!

我们用什么来装这些呢?
用一个金色的茶托。
我们叫谁去送这些礼物呢?
州长的女儿。
如果她不在家,
我们又应该派谁去送呢?

"派劳拉·英格斯去!"姑娘们突然大声叫了起来。于是,劳拉就走到了圈中间去,姑娘们围着她又唱又跳。大家玩得很开心,直到老师摇起了上课铃声,她们才散开回到教室。

内莉正趴在桌子上哭泣,她很气愤,说以后再也不和劳拉以及克里斯蒂玩耍了,连话也不会和她们说。

不过,到了下一周的周六,内莉却邀请班上所有的女孩子去她家里参加派对,尤其郑重其事地邀请了劳拉和克里斯蒂。

城里派对

劳拉和玛丽不懂派对是什么。妈告诉她们,派对就是一群朋友聚在一起,度过一段非常美好的时光。

周五放学回家后,妈把她们身上的衣服都换下来洗了,第二天一早又将它们用熨斗熨好。那天早上,姐妹俩就把自己洗得干干净净,而平常,她们一般晚上才会洗澡。

当她们打扮好从阁楼上下来的时候,妈对她们说:"你们比草原上的花儿还要好看。"妈给她们系上了那些好看

的发带:"现在去参加派对吧,要注意礼貌,做一个听话的孩子。还有,别把发带弄丢了。"

劳拉和玛丽去等克里斯蒂和卡西。这四个人都没有参加过派对,所以一路都很胆战心惊。到了奥利森先生的商店时,他对她们说:"一直往里面走就行。"

她们穿过柜台前的糖果桶和犁具等东西,一直走到了后门。穿着盛装的奥利森太太正站在那里等着她们,见到她们后她说:"进来吧,孩子们。"

房间简直太漂亮了!劳拉以前从未见过,她惊讶得不知道说什么了,只是一直点着头,说着"你好,奥利森太太",或者"嗯,夫人"。

房间的地面上,铺满了绿色和棕色的布,布上还有一些漩涡形的图案。劳拉光着脚丫子从这些布上面走过,觉得布料有些粗糙,脚有些不适应。墙上和屋顶所用的木料劳拉以前没有见过,是那种细细的,长长的,看起来还非常光滑的木板,中间还有一些折缝,四周的墙上还挂着不少好看的花。桌椅散发着光芒,它们是用好看的黄木头做的,四只脚还做成了好看的圆圆的样子。

奥利森太太对四位姑娘说:"把太阳帽摘下来,去里面的卧室玩吧。"

卧室里除了一张用磨光的木头做成的床之外,还有两

在梅溪边
On the Banks of Plum Creek

样很好玩的家具。一件家具由抽屉堆在一起组成,在它的最顶上,有两根弯曲着的木棍和两个抽屉,这两个抽屉比其他抽屉明显要小一号,一面镜子立在两根木棍之间。另一件家具和这一件的样式一样,只是它的顶上放着一个装着肥皂的碟子和一个装满水罐的大碗,碗和碟子以及水罐都是用陶瓷做的。

两个房间都有用玻璃做成的窗,在窗上还挂着镶有花边的白色窗帘。

单坡顶上有间屋顶房,就在起居室的后面,屋顶房里摆放着一台烹调炉,和妈的新炉子一样新。屋顶房的墙上,挂着品种多样的烤盘。

被邀请的姑娘们都到齐了,奥利森太太在她们中间来回穿梭地忙碌着,围裙发出沙沙的声音。

劳拉本想安静地看看摆放在屋里的东西,奥利森太太突然对内莉说:"把你的玩具拿出来给大家玩吧!内莉。"

内莉拒绝了:"把威利的给她们!"

威利大喊了起来:"她们不能碰我心爱的脚踏车。"

奥利森太太示意威利安静点儿。

内莉说:"那你把士兵和诺亚方舟给她们玩吧!"

劳拉兴奋得张大了嘴巴,她还从来没有见过这么漂亮的玩具。其他姑娘也围着诺亚方舟大声叫了起来。诺亚方

舟制作得比《圣经》里面描写的还要逼真,好像它就是从里面走出来了一样。诺亚方舟里有老虎、猫、大象、猪、马等各种各样栩栩如生千奇百怪的动物。

玩具士兵也很好看,它们穿着鲜红色和蓝色的制服,威风凛凛。

还有一个被吊在薄薄的红木条之间的跳娃娃,它是用薄木板制作而成的,身上还穿着条纹状的裤子和一件好看的夹克,衣服和裤子都是用纸贴上去的。它头上戴着一顶很高的帽子,脸红红的,还画着浓浓的眼圈。只要稍微一拉动红木条,跳娃娃就会开始跳起舞来。它四肢能活动,还会顺着双手抓着的线翻跟头,头朝下,双脚能碰到鼻子。

哪怕是像玛丽一样内敛的文静姑娘,看到这么好看的玩具,也会兴奋得大声叫起来。尤其是跳娃娃翻跟头的时候,她们更是笑出来了眼泪。

内莉走过来对她们说:"给你们看看我的洋娃娃。"

内莉的洋娃娃是用陶瓷做的,脸和嘴巴是红色的,眼睛和波浪形的头发是黑色的。洋娃娃脚上的那双鞋也是陶瓷做的。

"哇,这个洋娃娃真漂亮,它的名字是什么?"劳拉很兴奋。

在梅溪边
On the Banks of Plum Creek

"它已经是很久以前的了,根本不算什么。"内莉满不在乎的口气,"你等会儿,给你看看我最喜欢的小蜡人。"

内莉把洋娃娃丢在了一个抽屉里,然后拿出来一个长盒子,放到床上。姑娘们都围了过来。

一个看起来是活着的娃娃躺在长盒子里,她张开着嘴巴,闭着眼睛,两排洁白如雪的牙齿清晰可见,脑后金色的卷发散落在枕头上。它还有一身用丝绸做成的蓝色裙子,裙子是真的,带着花边,脚上的皮鞋也是真的,都可以脱下来,并再穿回去。

内莉把它从盒子里拿出来,并捏了一下它的肚子,她睁开眼睛,眼睛蓝蓝的,大大的,似乎在笑,然后张开双手叫了一声:"妈!"

内莉说:"我一捏它的肚子它就会叫唤。"然后她把手握成拳头的形状,在它的肚子上用力地砸了几下,娃娃就带着哭声喊道:"妈!"

劳拉安静着,她无法说出话来。她其实是不想去碰那个娃娃的,但不知怎么回事,手还是不由自主地去碰了碰那娃娃好看的裙子。

"劳拉·英格斯!不准你碰我的娃娃,赶紧把你的手拿开!"内莉夸张地叫了起来。

内莉一把抽回娃娃,然后背过去,把娃娃装在那个盒

子里，又放回到了抽屉里。

劳拉有些尴尬，满脸通红，其余的姑娘们也安静着，她们都不知道该说什么。劳拉只好走开随便转转，找了一张椅子坐下。

内莉把盒子放到抽屉里以后，其余的姑娘们立刻转移了视线，看诺亚方舟上的动物和跳娃娃以及好玩的玩具士兵去了。

奥利森太太进来看到了独自坐在一边的劳拉，就很关切地走过去问："你怎么一个人坐在这里呢？""我就坐在这里好了，谢谢您的关心，夫人。"劳拉安静地说。

奥利森太太递给劳拉两本书："你想看看这些吗？"

劳拉谢过了奥利森太太，然后把那两本书放在膝盖上很认真地开始看。

这两本书里面有一本其实不是书，它是一本专门给儿童看的杂志，薄薄的，没有封面。剩下的一本书的封面非常光滑，在封面上，有一个骑着扫把戴着鸭舌帽的老太太，她的背景是一面很大很圆很亮的月亮。老奶奶的头上写着"鹅妈妈"，字很大。

书很漂亮，每一页都有很好看的插画。劳拉以前从未见过这么好看的书，她坐在那里忘我地看了起来，把参加派对的事情抛到了一边。

在梅溪边
On the Banks of Plum Creek

"动作快点儿,小姑娘,不然她们就把蛋糕吃完了!"

听到奥利森太太的喊声劳拉才从书里反应过来:"噢,不不不,夫人。"

高脚杯和蛋糕放在一块纯白的桌布上。内莉从蛋糕上切下来了一块最大的:"这块最大的是我的!"

奥利森太太正在慢慢地切蛋糕,切好后她把蛋糕放在陶瓷做的碟子里,然后给每个姑娘一人分了一份。

奥利森太太又问:"柠檬水还需要加糖吗?"劳拉看了看杯子,才知道原来自己喝的是柠檬水。劳拉这是第一次喝柠檬水。

柠檬水是种很奇怪的东西,开始的时候是甜的,当吃完蛋糕再喝的时候,它就变成酸的了。于是,大家都回复奥利森太太说:"需要,谢谢你,夫人。"

派对结束了以后,劳拉把出门之前妈教给她的话向奥利森太太说了:"奥利森太太,非常感谢您的款待,今天在您这里,我度过了非常愉快的一天。"

姑娘们也都一一告别回家了。

在回去的路上,克里斯蒂悄悄地对劳拉说:"你知道吗,我真的很希望你能给内莉·奥利森的脸上来上一下。"

"不,不可以这样,"劳拉做了一个嘘声的动作,"不过,我会让她吃不了兜着走的。但是,这话千万不能让玛

丽知道了。"

杰克在水滩边等待她们归来的样子有些孤单。今天是周六呢,可是劳拉却没有陪着它玩。现在,她们去梅溪边玩耍的时间要间隔整整一周。

回到家后,她们把在派对上发生的事情都告诉了爸妈。妈像宣布什么重大决定似的说:"下周六,你们得把内莉·奥利森和班上的其他同学叫到家里来参加派对,这个决定我想了一周。别人款待了我们,我们回报她们是理所当然的事情。"

乡村派对

劳拉邀请内莉、克里斯蒂还有莫德来家里参加派对,她们同意了。同时,玛丽也邀请到了那些和她一起玩的大姑娘们。

周六那天,房子完全变了个样,地板擦得干干净净,墙上的窗户泛着亮光,粉色的窗帘也洗得白白净净,散发出好闻的味道。劳拉和玛丽又重新剪了一些有星星图案的纸铺在架子上。为了不弄乱这么干净的房间,杰克只能待在屋外。

妈用鸡蛋和面粉做了很多空心饼。做空心饼要先把面粉和好，然后放进沸腾的油锅里炸，当锅里传出劈里啪啦的响声时，再把它翻过来，然后继续炸。到了一定时候，它就会浮到油面上来，底部还会膨胀，并变成蜜糖褐色，看起来非常香。当下面变成圆形时，就表示熟了，可以捞出来了。

妈把这些做好的空心饼全放在了橱柜里，留在派对的时候吃。

玛丽、劳拉、妈、卡莉已经换上了她们最漂亮衣服，坐在家里等着参加派对的人来。虽然杰克的身上非常干净，但劳拉还是给它洗了个澡。杰克非常帅，尤其是它身上那洁白的、带着芝麻斑点的毛。

劳拉带着杰克去浅水滩边来等参加派对的姑娘们。姑娘们已经到了浅水边，正兴高采烈地准备涉过溪水。内莉却在一边脱袜子一边抱怨着，她说自己还从来没有打过赤脚，说自己有的是袜子和鞋子。脚踏进水里后，她又开始抱怨溪里面的石子让脚非常不舒服。

内莉的装束很新，很漂亮，除了好看的新裙子外，头上还戴了一个蝴蝶结形状的发带。

姑娘们过河了，克里斯蒂指着杰克问："它就是杰克吧？"然后开始摸它。其余的姑娘也觉得杰克很可爱，也

在梅溪边
On the Banks of Plum Creek

不停地摸它。但是杰克刚走到内莉的面前，她就叫了起来："离我远点儿！休想弄坏我的裙子！"

"它不会弄坏你的裙子。"劳拉说。

一群姑娘顺着小路朝劳拉的家走去，小路的两边有很多好看的草丛和各种颜色的花儿。

妈已经把所有的一切都准备好了，她很友好地接待了劳拉和玛丽的每位同学。玛丽把每位同学都介绍给了妈，妈看着这些姑娘们，笑得很甜美。

内莉摆弄了下自己的裙子，突然对着妈说："这不是我最好的裙子，参加乡村派对，不应该穿最好的裙子。"

此时的劳拉把爸妈以前的教诲都抛到了一边，她再也不在意会受到什么样的惩罚了。她一定要让内莉为刚才的行为和举止付出相应的代价。任何人都不能那么说妈！

虽然劳拉内心无法释怀内莉的行为，但是妈并没有在意，她依旧很甜美地笑着："你的裙子确实非常好看啊，很高兴你来参加我们的派对。"

姑娘们一下子就喜欢上了这栋好看的房子。它是那么的漂亮和干净，透过门窗，能看到外面的草原和花儿，一阵带着花香的清风吹进来，给人非常惬意的感觉。

姑娘们来到了劳拉和玛丽的阁楼，她们在里面转来转

去，眼睛放着光，非常羡慕劳拉和玛丽有一个属于自己独立的空间。

内莉突然问劳拉："你难道没有洋娃娃吗？"

劳拉不想把自己心爱的夏洛特给她玩，就欺骗她说："我不玩洋娃娃这种东西，我只去小溪那里玩。"

然后她们就跑了出去，杰克跟在她们后面。在劳拉的带领下，她们看到了在草堆里叽叽喳喳叫着的小鸡，还有密密麻麻的麦地。然后她们又跑到了草丘下的梅溪边，那里有柳树林和独木桥。溪水从梅树林的位置缓缓地流了过来，从独木桥下流过，然后流进了水潭。水潭里面的水不是很深，只到膝盖的位置。

玛丽和几个大姑娘带着卡莉很淑女地在水边玩着溪水。劳拉她们则恰恰相反，她和克里斯蒂还有内莉以及莫德把裙子卷了起来，一下就跳到了水里，一边在里面用力地拍打着水花一面还大声尖叫着，很多鱼儿都被她们激起的层层水花吓跑了。

玛丽她们带着卡莉一直只在浅水边游玩，顺手还捡了很多鹅卵石。劳拉这些小姑娘们却满世界跑着玩捉人游戏，她们一会儿跑向独木桥去到草原上，一会儿又跑回到水里继续嬉戏。

劳拉突然想到了对付内莉的方法。

在梅溪边
On the Banks of Plum Creek

岸边有很多螃蟹,劳拉她们的吵闹声打扰到它们休息了,老螃蟹躲到了石头下面,还把锋利的夹子露了出来,等着夹这些讨厌的人类。劳拉把她们带到了这些螃蟹边,然后找准机会把内莉推到了一只螃蟹的附近,再溅起一朵水花拍打在螃蟹躲着的石头上,然后大叫了起来:"天啊!内莉!你要小心一点儿!"

螃蟹耀武扬威地张开了自己的夹子,朝内莉的脚冲过去,眼看马上就要夹住了。

劳拉大喊着叫其他姑娘们赶紧跑,把克里斯蒂和莫德推到了安全的独木桥上,然后又转身去找内莉。

内莉已经吓坏了,她大喊着,慌慌张张地朝梅树林那里跑去,那里是一片非常泥泞的草滩。

站在一块安全的石头上的劳拉看着螃蟹说:"内莉,你先站着别动。"

内莉已经吓坏了,她那条干净的裙子也滑了下去,沾满了很多稀泥,她有些惊恐地问道:"这个奇怪的家伙是什么东西?它朝我这边来了吗?"

"它是一只很老的老螃蟹,它的爪子非常厉害,一根木头都能轻易地被它夹断,还能把我们的脚趾给夹下来。"劳拉吓唬着内莉。

"真的吗?它到底在哪里?是不是要过来了?"内莉

的声音很惊恐。

"你先别动,等我过来看看。"劳拉说。

劳拉的脚步很轻,她看到了老螃蟹,它还潜伏在石头下面,但她不打算告诉内莉。她走到桥边,转过头看着在梅树林那里惊恐的内莉,对她招手,示意她过来。

内莉走了过来,然后又开始抱怨,说以后再也不来这里玩了,她讨厌这里。内莉在清水里把裙子上的泥巴洗掉了,可是当她准备洗脚上的泥巴时,却发出了惊恐的叫声。

内莉的脚上沾满了泥巴色的水蛭,不管怎么洗都洗不掉,用手抓也无济于事。她叫着跑到了岸上,两只脚用力地踢,希望能把这些可怕的东西踢下来。

劳拉哈哈大笑了起来:"看啊,你们快来看啊!内莉居然跳起舞来了!"

姑娘们都跑了过来。劳拉笑得在地上打起了滚,玛丽叫她去帮内莉把水蛭拔出来,她不理会。

"劳拉!快点儿去帮内莉把水蛭拔出来,不然我就去告诉妈!"玛丽警告着劳拉。

没有办法,劳拉只好去帮忙拔水蛭。水蛭粘得很紧,越拔越长,围观的姑娘们都吓坏了。

在梅溪边
On the Banks of Plum Creek

内莉满脸布满了泪水,她一边哭一边说:"我现在就要回家!我好讨厌你的派对!"

听到了动静的妈赶紧从屋里跑了出来,她一边安慰正在哇哇大哭的内莉,说只是水蛭而已,没什么大不了,一边叫其他人赶紧回屋里去。

妈已经布置好了一切。四条凳子围着的漂亮的桌子上盖着白色的布,布上放着蓝色水罐,水罐中有很多好看的花儿。因为是从地窖里拿出来的,小锡罐里面的牛奶有些冷。

堆放在大盘子里面的空心饼吃起来没有想的那么甜,但是咬起来很脆,还很油,中间空空的,吞到嘴巴里很快就化掉了。

姑娘们一直不停地吃空心饼,她们说很好吃,以前从来没有吃过,还问妈,这种饼叫什么名字。

"它们的名字叫空心饼,因为中间鼓起来了,而里面什么都没有。"妈解释道。

姑娘们吃了很多空心饼,还喝了很多牛奶,肚子很撑,直到最后实在吃不下了才作罢。

派对结束以后,她们都很开心地告别了,并向劳拉和玛丽还有妈表达了诚挚的谢意。内莉一直嘟着嘴,她什么都没说,因为她还在生气。

但是劳拉并不在意内莉生气。克里斯蒂拽了拽劳拉,凑到她耳边对她说:"我玩得很开心,不过这也是对内莉最好的惩罚!"

劳拉联想到内莉在溪边跳舞的模样,觉得心里的气消了一大半,感觉很痛快。

做礼拜

周六的晚饭吃完以后,劳拉和玛丽挨着爸坐在门外的阶梯上,爸正一口一口地抽着烟。卡莉和妈坐在门里面,妈在摇椅上晃动着,卡莉温顺地坐在她的腿上。

风已经停了,夜空在一闪一闪的星星的衬托下,变得似乎更加黑暗了。远处,梅林边的小溪在缓缓流动着,似乎在窃窃私语。

"我得到消息,明天有人会在新建的教堂里面布道。我遇见了奥尔登牧师,他邀请我们去参加布道,我同意

了。"爸说。

"噢！查尔斯，我们已经很久没有做过礼拜了！"妈的声音有些惊喜。

劳拉和玛丽没有去教堂做过礼拜，但是她们能从妈惊喜的声音中感觉出来，做礼拜比派对好玩多了。

妈说："这简直太好了，真庆幸我有一件非常好看的裙子。"

"你应该穿上那件好看的裙子，我相信，应该比花儿还要好看。"爸抽了一口烟，"那就这么定了！"

第二天一早，一家人就手忙脚乱地忙开了。不管是吃饭、收拾屋子，还是妈给卡莉穿衣服，动作都很快，显得非常匆忙。妈朝阁楼上放开嗓子喊道："该下来了，姑娘们，我得给你们系上发带！"

姑娘们从阁楼上一前一后地跑了下来，见到妈的时候，她们惊讶得都不知道说什么了。

妈简直太漂亮了！裙子的布料是黑色和白色相间的印花布，上面的白线条非常细，夹在黑色的宽线条间。裙子上衣的纽扣是黑色的，下摆紧紧地往里面收着，有一个非常蓬松的褶皱鼓了起来，然后像瀑布一样自然地垂了下来。系着蝴蝶结的领子是立着的，非常有气质，上面还有很好看的花边。妈简直太漂亮啦！

在梅溪边
On the Banks of Plum Creek

妈很迅速地给玛丽和劳拉系上了发带，牵着卡莉急匆匆地出门了。

卡莉今天打扮得也很漂亮，很像《圣经》里描述的天使。她浑身洁白，裙子和太阳帽全是白色的，上面也镶着很好看的花边。头上那一席金色的卷发一直从脸颊上垂到了太阳帽下，简直好看极了。

劳拉转头，看到了玛丽头发上的发带，她非常吃惊，还好捂住了嘴巴，没有叫出来。玛丽头上的发带是粉色的，劳拉头上的发带是蓝色的。她们相互对视了一眼，没有说话。发带是妈因为太过匆忙而系错的，她们不怪妈，甚至还希望妈不要发现这个错误。因为劳拉非常讨厌粉色，而玛丽也非常不喜欢蓝色。

不过，妈却告诉她们，根据她们头发的颜色，只有配上这样的发带才会好看。玛丽是金色的头发，劳拉是棕色的头发。

马车已经从牛棚的方向被爸赶过来了，山姆和戴维的毛发在太阳的照耀下显得越发光亮。它们的鬃毛和尾巴随风飘舞了起来，耀武扬威的样子似乎非常不可一世。

车厢的地板和座位上都铺上了干净好看的毯子，爸把妈扶上了马车，又把卡莉抱到了她的身上，然后又把玛丽和劳拉也接了上去。

劳拉脑后的头发开始飘舞着。

"这可怎么办?我把劳拉的发带系错了!"妈大声叫了起来。

"马车的速度很快,没有人会发现的。"爸说。这就意味着,今天劳拉可以一直系蓝色发带了。

坐在车厢地毯上的劳拉和玛丽把脑后的辫子都放到了前面,她们一边摸着辫子一边相互看着,然后一齐笑了。现在,她们只要一低头就能看到自己喜欢的发带,劳拉是蓝色的,玛丽是粉色的。

山姆和戴维听到爸的口哨声后,就知道该出发了,它们向前跑去。

爸一边赶马车,一边唱起了歌。

> 噢,礼拜日的早晨,
> 妻子在我的身边,
> 我们一起驾马车,
> 一起去散心!

"今天是礼拜日,查尔斯。"妈提醒着爸,然后他们就开始唱赞美诗。

在梅溪边
On the Banks of Plum Creek

> 在遥远的天边,
> 是幸福的国度,
> 圣徒们非常荣耀,
> 头上的光芒堪比白昼!

梅林边的那条小溪依旧不徐不疾地向前流着,在太阳的照耀下,小溪泛出了诱人的亮光。山姆和戴维的速度很快,路过浅滩时,马车激起了一层一层的水花。过完浅滩,马车又进入了草原。

马车很轻快,在浓密的草原上居然都没有留下一丝车轮的痕迹。耳边有鸟儿唱歌的声音,还有飞来飞去采蜂蜜的蜜蜂的嗡嗡声,一些蝗虫在草丛里上蹿下跳。

他们很快就到了静悄悄的城里,铁匠铺和商店都大门紧闭,灰扑扑的街上只有几个着盛装的大人牵着穿着盛装的小孩。他们和劳拉一家一样,也是来做礼拜的。

马车穿过草原停在了教堂门口,教堂很新,离劳拉她们的学校很近。教堂有点儿像学校,只是在它的屋顶上,多出了一个空着的小房间。

劳拉用手指着问:"妈,那个是什么东西?"

"不要指,劳拉,那是钟楼。"妈回答她。

马车停稳后,爸把妈扶了下来,劳拉和玛丽则从马车

的另一边跳了下来，然后站在那等着爸妈。爸把马车停在了离教堂不远的一块比较阴凉的地方，然后把山姆和戴维身上的马鞍取下来，再把它们拴在马车的车厢上。

教堂里传出来的沙沙声非常肃穆，还非常沉重。很多人从草地的方向走了过来，走上台阶，然后进入了教堂。

马车停稳后，爸抱着卡莉和妈走进教堂，玛丽和劳拉安静地跟在他们身后。进入教堂后，他们选了一条长凳子坐下。

教堂里面的布局和劳拉学校里的一样，但是教堂给人的感觉却有些怪怪的，哪怕一点儿轻微的响声，也会因为木板墙太新的缘故变得非常洪亮。

台上一个身着黑衣的人站在桌子旁，他非常高，却很瘦，身上的衣服、领结，以及头发和胡子都是黑色的。他轻声说着些什么的时候，教堂里的所有人都低下了头。

讲台上那个人在祷告的时候，劳拉就一直在玩着辫子上的蓝色发带。

"请跟我来。"一个声音突然在劳拉旁边响起。

劳拉吓得浑身颤抖了一下，她转身，看到了一位非常漂亮的女士。女士微笑着，一脸慈爱地看着劳拉："咱们去上主日课，跟我走吧。"

在梅溪边
On the Banks of Plum Creek

看到妈点了一下头,劳拉和玛丽就放心地跟着这位女士走了。只是她们不明白,周日居然也有课。

她们被带到了教堂一角,那里还有学校里的其他姑娘们,她们和劳拉一样,满脸疑惑。

女士用凳子围成了一个方形的圈,所有人都坐在凳子上,劳拉和玛丽坐在她的旁边。然后女士就自我介绍,说她叫道尔太太。问清楚所有人的名字后,道尔太太说要给她们讲一个很好听的故事。

劳拉非常兴奋,她最喜欢听故事了,但是道尔太太一开口她就有些失望。道尔太太说:"这个故事和一个婴儿有关,他叫摩西,出生在一个叫埃及的国家。"

劳拉听不下去了,她很小的时候就已经知道了摩西的故事,连最小的卡莉也知道得清清楚楚。

讲完故事以后,道尔太太又笑着问大家:"我们再来学习一下《圣经》中的诗吧?"

大家齐声回答道:"好的!"道尔太太给每个人都读了一首诗,然后叫她们背诵下来,说下周日需要背给她听。

这就是主日课的内容。

道尔太太拥抱了一下劳拉,朝她露出了母亲式的笑容:"你是这里最小的姑娘,所以你背《圣经》里最短的诗就可以了!"

劳拉已经明白她说的是什么诗了。

道尔太太说只是很短的诗，然后她就读了一遍这首诗，并问劳拉："你能记住它一个礼拜吗？"

劳拉当然能！《圣经》里很多很长的赞歌和诗她都记住了，怎么可能记不住这么短的诗呢？但是她不想让道尔太太难堪，就回答说："没问题的，夫人。"

"真不愧是我的好孩子！"道尔太太夸奖劳拉。

劳拉在心里想，我只是爸妈的好孩子。

道尔太太说："我再给你读一遍，只有两个词，希望你能记住。你现在可以和我一起读吗？"

劳拉低着头，有些迟疑。

"不用担心，先试一试吧！"道尔太太说。

劳拉的头越来越低，嘴巴里小声地背诵着那短诗。

"你会将它用心记住，下个礼拜日就能背给我听对吗？"道尔太太俯身问。

劳拉点着头。

人们都站了起来，开始放声唱"耶路撒冷，主的圣地。"很大一部分人不认识字，也不认识谱，唱出来的歌非常难听，劳拉越听身上越发麻。

还好，人们很快就坐了下去。那个一身黑衣、又高又瘦的男人开始讲话了。

在梅溪边
On the Banks of Plum Creek

劳拉不大喜欢这个总是在说话的男人，她觉得他简直就是个话痨。劳拉一会儿把眼睛望向窗外看飞来飞去的蝴蝶，一会儿又屏住气息听风声，一会儿又欣赏自己的蓝色发带。劳拉一边把双手摆成木屋的形状，一边又抬头看着教堂的屋顶。劳拉的腿很酸，因为她的腿像在学校里一样，一直悬着。

人们又站了起来，开始唱歌。这次唱完之后，礼拜算是结束了。

那个一身黑衣、又高又瘦的男人就是奥尔登牧师。他走过来和爸妈打招呼，然后和他们交谈。交谈完毕后，他又握了握劳拉的手。

奥尔登牧师微笑着，洁白的牙齿露了出来，他和蔼的蓝眼睛看着劳拉问："劳拉，觉得主日学校怎么样？"

不知道怎么回事，本来讨厌主日课的劳拉这时候却喜欢上了主日课，她回答说："我非常喜欢，先生。"

奥尔登牧师说："很好，那你每周日都要来啊，我们很欢迎你，也很期待你来。"

劳拉知道他是诚挚地在邀请并期待自己。

爸一边赶着马车一边开心地说："卡洛琳，和一群志同道合的人在一起的这种感觉简直太好了！"

"我也觉得，查尔斯，我想，接下来的整个一周，我

小木屋的故事
Little House Books

的心情都应该是很愉悦的。"妈说。

爸又问劳拉和玛丽:"小家伙们,你们是第一次来教堂,感觉如何?"

劳拉说她觉得他们都不会唱歌。

爸哈哈大笑起来。

妈说:"不过,好像有专门的赞美诗读本了,查尔斯。"

爸说:"嗯,总有一天我们也能买一本。"

此后,她们每周日都会上主日学校,只是,去了四次以后才做成礼拜,因为那时候她们才碰到奥尔登牧师。

奥尔登住在很远的东部教堂,他来西部的主要目的是传教,不会每周都到这里来的。

自从去了主日学校之后,她们的周日再也没有无聊枯燥过,很多话题也围绕着主日学校展开。奥尔登牧师来的周日是最愉快的,他记住了劳拉的名字,劳拉自然也记住了他。劳拉和玛丽有一个很好听的称谓——乡村小姑娘。自然,这个名字是奥尔登牧师给她们取的。

周日,一家人边吃饭边讨论着主日学校的相关话题。爸说:"我觉得我应该有一双新靴子,如果我每周都要和教堂里那些盛装出行的人见面的话。我现在的靴子显得太破了。"说着,他伸出了脚,那双修补过很多次的靴子又破开了,脚趾头露在了外面。

在梅溪边
On the Banks of Plum Creek

爸红色的编织袜在鞋子的破缝隙中若隐若现，靴子的两边已经薄得看不下去了，在缝隙的位置向里卷曲着。

"已经没有办法再补了。"爸说。

"查尔斯，我一直都希望你能再买一双靴子，可是你把钱都用来给我买了做裙子的印花布。"

"买一双新靴子需要三美元，不过没关系，到小麦收获的这段时节，我们应付起来绰绰有余。"爸已经打定了主意。

接下来的一个礼拜，爸一直在帮尼尔森先生家里堆干草，作为回报，尼尔森先生会把割草机借给爸用。爸说这是他遇到过的最好的夏天，是很适合堆放干草的时节。

劳拉突然不想去学校了，她想跟着爸待在草地上，她很喜欢看锋利的割草机割草的样子。割草机的刀片很长，只要一碰到草，就会发出咔擦咔擦的声音。

周六，劳拉帮爸一起把剩下的干草堆完了。然后，他们站在光秃秃的草地里看着麦地。小麦已经长得很高了，都超过了劳拉的身高。硕果累累的麦穗压弯了麦秆的腰，他们摘了一些准备带回去给妈、玛丽还有卡莉看。

收获小麦后，他们不仅能把所有欠的钱都还完，还有很多剩余的钱，那时候他们就能买自己想要的东西了。

爸会有一辆更轻的马车，妈会有一条新裙子，劳拉和玛丽也会有好看的鞋子，并且每周都能吃到香喷喷的牛肉。

早饭以后，爸换上干净的衣服带着三美元去了城里，他要买一双新的靴子。他走路去的，山姆和戴维干了一个礼拜的活，它们很累了，需要休息。

傍晚时分，和杰克在老螃蟹穴那里玩耍的劳拉看到了从城里回来的爸。他走上草丘的时候，劳拉和杰克赶紧往家里跑去。她们到家的时候，爸的脚也刚跨进门。

妈正在烤面包，听到爸的动静后她转过身来问他："查尔斯，你没买新靴子吗？"

爸说："卡洛琳，我本来是想买新靴子的，可是在城里遇到了正在募捐的奥尔登牧师。他想在教堂的钟塔里面安上一个铃铛，可是还差三美元。于是，我就把买靴子的三美元给了他。"

妈没说话。

爸看了一眼裂开的靴子，坚定地说："没关系，我总会想办法把它们黏合到一起的。卡洛琳，很快我们就能听到教堂的钟声了。"

妈转身继续烤着面包。

劳拉走出门，坐在台阶上，她想说点儿什么，可是

在梅溪边
On the Banks of Plum Creek

喉咙里像卡着什么似的。她想,要是爸有一双新的靴子该多好啊!

屋里传出了爸的声音:"没关系的,卡洛琳,小麦很快就到收获的季节了。"

蝗虫灾害

麦子成熟的时节要到了，爸每天都要去麦地里看好几圈，并带回一些饱满的麦穗给劳拉看，所有的话题也都围着麦子转。爸说，现在的时节，是麦子生长的最佳时节。因此，麦穗上的麦粒一天比一天饱满。

爸说："如果一直保持这样的天气，下个礼拜麦子就能收割了。"

天气越来越热，太阳像火一样炙热，照射得连眼睛都无法睁开。周围的空气也变得闷热起来，给人的感觉像处

在梅溪边
On the Banks of Plum Creek

在火球里一样。劳拉所在学校里的孩子们也热得不行,每节课都趴在桌子上不想动,嘴里有气无力地呼着气。墙上的松脂也被烤得变成了水滴,一滴一滴地往地上掉。

周六的早上,劳拉又和爸一起去看麦地。此时,麦子已经和爸一样高了,劳拉只有被爸举到肩膀上的时候才能看到这些麦子。麦穗已经越来越大了,麦秆的腰也越来越低。放眼望去,整个麦地似乎铺上了一层金色的毯子。

爸很兴奋,吃饭的时候一直在和妈商讨麦地的事情。爸说他这还是第一次见到长得这么好的麦子,他预计了一下,大概能收获四十蒲式耳的麦子,要是把这些麦子都卖掉,他们马上就能有很多钱,然后就能买到很多想买的东西。

劳拉的心里很高兴,这样,爸就能有一双新的靴子了。

劳拉在门口玩耍,不知道怎么回事,突然有东西挡住了照射进来的阳光。劳拉以为看错了,揉了揉眼睛再看,的确有东西挡住了阳光。阳光开始变暗,最后被彻底挡住了。

"阳光肯定是被乌云挡住的,看来要下大暴雨了。"妈说。

小麦最大的敌人就是暴风雨!爸从屋里冲了出来,边看天空边往外走。

天空乌黑一片,但不是暴风雨降临的那种乌黑,周围的气氛变得让人无法呼吸。劳拉不知道这一片乌黑是什么东西,她很害怕。

劳拉和玛丽一前一后跑了出去,妈也跟着出来了。爸望着天空,问妈:"卡洛琳,你知道这是什么东西吗?"

挡住太阳的云不是普通的那种云,看起来很像雪花,但是又比雪花小很多,它们很亮,还很薄,整片天空随着它们移动的快慢一会儿亮一会儿暗。

四周安静得出奇,没有一丝风,也没有任何动静,空气不流通,让人憋得喘不过气来。

天空那片"乌云"依旧在不断向前移动着。

杰克汗毛直立,对着天空突然狂吠起来,嘴里冒出一阵恐怖的呜咽声,接着又转换成悲凉的哀鸣。

劳拉听到了扑通声,有什么奇怪的东西掉在了她的头上。她低头,看到了一只硕大的蝗虫。接着,蝗虫像冰雹一样连续不断地落了下来,劳拉的脸和手都被砸到了。

那片黑色的东西不是云,是一片蝗虫,它们挡住了太阳,让阳光消失了。现在,它们正一只一只地落下来,房顶上,草地上,到处都是它们的身影。它们扑闪着薄而亮

在梅溪边
On the Banks of Plum Creek

的翅膀，发出的声音非常难听，十分刺耳。

劳拉想挥舞着手臂赶走它们，可是劳拉被吓住了。它们粘在劳拉的身上，晃着脑袋，眼睛鼓得大大的，死死地盯着劳拉。劳拉转身往屋里跑去。

地上密密麻麻的全是蝗虫，没办法，劳拉只好从它们身上踩了过去。很多蝗虫都被劳拉踩死了，尸体黏黏地粘在地上。

窗户都被妈关上了。爸静静地站在门外看着外面的蝗虫，劳拉和杰克站在他身边，紧紧地挨着他的身体。

天上的蝗虫不断地往地上掉，地上堆了一层又一层，屋顶被砸得扑通响，就像在下冰雹一样。掉在地上的蝗虫凭借着强健的四肢，在地上跳着前行，周围到处都是它们蹦跳时发出的难听的声音。

周围突然又有了另外一种声音，这种声音很巨大，是由许多微小的啃食或咬食某一种东西的声音聚集而成的。声音本来很小，但是聚集得越来越多之后就变得非常巨大了。

"糟了，麦子！"爸迅速反应过来，跑出家门，径直朝麦地的方向冲去。

蝗虫大军在啃食着所有它们能吃的东西，周围到处都是它们啃东西的声音。

小木屋的故事
Little House Books

通过窗户，劳拉看到了跑向牛棚的爸。爸把山姆和戴维系在马车上，再把地上的干草一点一点往马车上叉。妈跑过去和爸一起叉。爸赶着马车往麦地走，妈紧随其后。

爸赶着马车围着麦地打转，他把马车上的那些干草一点一点地往外面抛，堆成了一个个小草堆。妈在那些小草堆前弯下腰去，很快，草堆就冒出了一股股浓烟。浓烟借着风劲，越来越大，越来越多，最后围住了麦地和马车，还有爸、妈。

太阳依旧被蝗虫遮挡着，天空依旧很昏暗，蝗虫也依旧没有停止往下掉落。

麦地的周围都被妈点上了火，这些火兴许能救麦地一命，烧死那些讨厌的蝗虫。

妈到家后把衣服脱了下来，抖落了粘在上面的蝗虫，然后一只一只地踩死了它们。

劳拉和玛丽还有妈，安静地坐在家里，门和窗户都关上了，但是蝗虫吃东西的声音依旧清晰可闻。她们都没有说话，卡莉坐在妈的怀里，被吓得哭了起来，慢慢地，她哭着哭着就睡着了。

太阳终究还是出来了，窗外的世界一下子变得明亮起来。

草原上很多草都被蝗虫啃食了，一些很小的草它们也没有放过。那些高大的草更是难逃厄运，它们在草丛中晃动了几下后，瞬间就倾倒了下去。

劳拉拉着玛丽到窗边，轻声说："快看。"

蝗虫们盯上了柳树，它们疯狂地啃食着柳树叶子。叶子被啃光了，柳树只剩下了光光的枝杈。但很快，整个柳树上就只剩下了蝗虫。

玛丽看不下去，从窗边走开了。劳拉也不想再看了，可是她又控制不住自己。

鸡窝那边的母鸡和小鸡正在卖力地吃着蝗虫。以前，它们在草原上觅食蝗虫的时候总是要追半天才能吃到一只，现在方便多了，周围到处都是蝗虫，随便吃。鸡们的动作很快，不停地到处吃，似乎要把所有的蝗虫吃了才甘心。如果它们会思考，面对这种好事，可能会高兴得发疯。

"看来，不用再给它们准备食物了。有舍才有得啊！"妈似乎有些感慨。

园地里面所有的作物都被吃得干干净净，大豆、胡萝卜、马铃薯等作物已经看不到它们原先的样子了。玉米的叶子也不复存在，还没长出来的苞谷也爬满了蝗虫，它们依旧在贪婪地啃着。

面对这些，谁都没有能力去做些什么。

麦地的周围依旧浓烟滚滚。透过窗户,劳拉能看到用叉子在翻动草堆的爸,但很快他又被浓烟遮住了。

到了去接斑点的时候,劳拉穿好衣服和袜子,戴上头巾出门了。

斑点正在梅溪里滚着身子,旁边的牛群仰天长号,发出了很悲壮的声音。劳拉知道,那是因为它们没有吃到草的缘故,草里面到处都是蝗虫,没法下嘴。如果蝗虫吃光了所有的草,牛群就得集体饿肚子了。

蝗虫爬满了劳拉的头巾、衣服、裙子、鞋子、双手、双脚,劳拉很恶心,挥舞着双手,踢着双脚,想把蝗虫甩下来。

劳拉和妈一块出来挤奶,为了防止蝗虫掉进桶里,妈用一块布盖住了桶。可是挤奶的时候必须把布揭开,所以,有很多蝗虫掉进了牛奶里。妈将牛奶里面的蝗虫用锡罐弄了出来。

挤完牛奶回到屋里,劳拉和妈的衣服上到处都是蝗虫,她们脱掉衣服,把蝗虫都抖了下来。此时,火炉上正在做饭,妈赶紧把食物盖住。甩下来的蝗虫都被踩死了以后,妈将它们扫到一起,然后丢进了火里。

给辛劳的马儿喂完草之后爸才回到家里吃饭。妈没有问他麦地的事情,而是微笑着说:"查尔斯,没关系的,这些都不算什么。"

爸在浓烟里待了很久，嗓子很疼，一时间说不出来话。妈递给他一杯茶："多喝点这个，对嗓子好。"

爸喝完茶，根本就没有休息，就又带着一车干草朝麦地的方向走去。

晚上，劳拉和玛丽一直睡不着，耳边全是蝗虫啃食东西的声音。床上明明没有蝗虫的身影，可劳拉就觉得好似有蝗虫在身上咬自己，而且脚上和手上都有。在黑暗中，劳拉还看到了蝗虫若隐若现的蓝眼睛。

这样一直折腾到大半夜，劳拉才慢慢睡着。

劳拉第二天醒来没有看见爸。爸整个晚上都在麦地那里待着，打理着那里的火堆，非常忙碌，连早饭都没来得及回家吃。

草原已经完全变了样子，狼藉一片，所有草都倒在了地上，太阳升起来后，草原显得更加荒凉了。

柳树和梅林也是光光的。本来果实累累的梅树现在光秃秃的，周围到处都是蝗虫啃食东西的声音。

中午的时候，爸从麦地那里回来了，把马儿牵进牛棚后他回到了屋里。爸把帽子挂在墙上，然后坐下，一直不说话。他的眼睛红红的，这是受浓烟熏了的缘故。

"卡洛琳，烟雾对驱散蝗虫来说一点儿用处都没有，

它们穿过浓烟继续啃食麦子。它们的数量很多,嘴很锋利,啃食麦子的时候就像用刀在割一样。它们还很贪婪,连麦秆也没有放过。"

爸趴在桌子上,捂住了脸。劳拉和玛丽坐在他身边,非常安静,没有说话。只有卡莉依旧在那里敲着勺子,用手去拿面包。卡莉还小,不懂事。

"没事的,查尔斯,这些磨难都不算什么,以前我们经常遇到。"妈安慰爸。

劳拉的头很低,看到爸放在桌角下的靴子,那上面不知道补了多少次,她哭了,在心里想,爸现在没法穿上新靴子了。

爸开始吃午饭,虽然他依旧像往日一样微笑,可是他的眼神却很忧郁。

"嗯,我已经尽力了,不过,我想这次我们很快就能度过去的,卡洛琳。"爸说。

劳拉突然想起了盖新房子所欠的债务,爸说过很多次,收获了小麦就能还上了。

午饭是在一片无言中结束的。爸吃完饭后就去床上睡觉了,妈给他拿了一个枕头。妈叫劳拉和玛丽要安静,不要打扰爸睡觉。玛丽和劳拉把在玩耍的卡莉抱到了房间,给了她好玩的玩具,然后叫她不要吵闹。

在梅溪边
On the Banks of Plum Creek

整个世界，只剩下了窗外蝗虫啃食东西的声音。

蝗虫就这样一直吃了很长时间，它们把草原上所有带叶子的东西都吃光了。小麦、燕麦，还有园地的菜和草原上的草，都被它们吃得干干净净。

劳拉担心地问爸："爸，鸟儿和兔子这下可怎么办呢？它们还有吃的吗？"

"你看看周围，劳拉。"爸回答说。

草原上没有了鸟儿和兔子的影子，只剩下了正在拼命吃蝗虫的鸟儿和家里的母鸡们。母鸡们的动作很快，就像蝗虫一样贪婪。

礼拜日的时候，妈说想待在家里照顾卡莉，于是，只有爸和劳拉、玛丽三个人去了主日学校。外面很炎热，他们没有赶马车，马儿们在牛棚里安详地吃着东西。

已经有很久没有下雨了，放眼望去，草原一片棕色，光秃秃的，找不到一点儿绿色的东西。四周依旧有很多飞来飞去的蝗虫，它们嘶叫着，声音很难听。梅溪也已经干了，无法在里面蹚水了。

虽然一路上玛丽和劳拉都在挥舞着四肢，可是到了教堂，她们身上依旧到处都是蝗虫。她们安静地处理完了身上所有的蝗虫才走进教堂。她们的裙子上有很多肮脏的蝗虫吞吐过的草汁。

171

这些东西无法弄掉，她们也只能穿着这样的裙子来上主日课。

很多人都回了东部，劳拉和玛丽最好的朋友克里斯蒂和卡西也要回去了，她们分别和她们告别。

她们这一学期已经结束，学校放假了，以后很长一段时间都不用去学校上课了。她们不能把那么漂亮的鞋子踩在到处都是蝗虫的地上。于是，她们把鞋子收了起来，留到冬天的时候穿。

妈决定在冬天的时候亲自给玛丽和劳拉上课，这样，她们就不会在下一学期的时候落后于其他同学。

爸帮尼尔森先生干了很多活，然后拿着尼尔森先生借给他的犁，犁那一片麦地。

爸又在为来年做准备了。

蝗虫卵

玛丽很喜欢在家里看书，或者做题。但是劳拉无法安静下来，她带着杰克悄悄地去梅溪边玩耍了。但是草原上的一切被蝗虫糟蹋得一团糟，劳拉根本就无法提起兴致玩耍。

梅溪里只剩下了砂石。独木桥失去了柳树的遮挡，没有了阴凉。梅树林也是光光的，它下面的溪流也不见了。螃蟹们也不知道去了哪儿。

空气中已经没有了以前的香味，闷闷的，让人很不舒

服。阳光像火一样烤着皮肤，地面炙热得无法行走。整个天空也变成了黄色，周围依旧有很多蝗虫在飞舞着，发出呼呼的响声。

劳拉突然看到了很怪异的一幕，蝗虫们把尾巴都插在了草丘的地上，劳拉用脚去踢它们，它们连动都不动一下。

劳拉用棍子把一只蝗虫弄开了，然后从它插进去的洞里拿出了一个灰色的像蠕虫一样的东西。劳拉看了看这个不动的东西，想不明白这究竟是什么。杰克闻了闻，摇了摇头，也表示不知道。

劳拉打算去问在犁地的爸。可是她来到地里的时候，爸并没有犁地。爸走在地里，好像在看着什么东西，山姆和戴维静静地待在那。

然后爸又突然走到了山姆和戴维身旁，收拾起犁具，回家了。

劳拉明白，爸上午就停止干活，只有一个原因，那就是发生了很糟糕的事情。

劳拉跑到牛棚边，山姆和戴维已经拴好了，爸正在收拾犁具。他出来的时候看到了劳拉，却没有笑，这在以前可是没有过的。

劳拉静静地跟在爸的后面往家走。

在梅溪边
On the Banks of Plum Creek

"地上有很多小孔,里面都是蝗虫的受精卵,它们正在孵化幼虫。受精卵在地下几英寸的位置,整个麦地都是它们的受精卵,密密麻麻的。不信我给你看看。"爸说着就拿出了一个灰色的东西给妈看。

爸继续说:"这就是它们的卵壳,每个卵壳里面大概有四十个左右的受精卵。我算了一下,每平方英尺这样的卵壳洞大概有十个。除了麦地,草原也到处都是,密密麻麻的。"爸继续说。

妈有气无力地坐在椅子上,四目无神。

"如果这些卵都孵化了出来,那么这片草原上,只要是绿色的东西就会被吃得一点儿也不剩。我们更别指望明年能有收获了。"

"查尔斯!你有什么办法阻止这一切吗?"妈叫了起来。

爸像妈刚才一样软在了椅子上:"说实话,我不清楚。"

玛丽的辫子已经垂在了梯子上,她正趴在阁楼的门口看着劳拉。劳拉和她对视着。玛丽从楼上下来了,像做错事似的和劳拉站在了一起。

爸突然站了起来,"我坚信,该死的蝗虫是无法打败我们的,无论如何我都要采取相应的对策了。我就不信,我们会被这次灾难打倒!"爸坚定地说。

妈支持着爸："嗯！查尔斯。"

"我们现在不仅有很好的房子住，还有很棒的身体，有什么事情无法做到呢？你快准备午饭吧，卡洛琳，我吃完了要去城里找点儿事情做！完全不用害怕！"爸说。

爸去了城里，她们开始动手给他准备丰盛的晚餐。

妈把酸奶做成了乳酪丸子。玛丽和劳拉正在切马铃薯片，妈给这些切好的薯片加上了调料。接着，她们又准备了牛奶和黄油，还有面包。

准备好晚餐后，她们开始洗澡，然后穿上自己最漂亮的衣服，系上最好看的发带。她们没有忘记小卡莉，也给她洗了澡，梳理好了头发，还给她把那件最好看的白色裙子穿好，并给她戴上了一串用印第安珠子做成的项链。此时，爸正从满是蝗虫的草地上朝家走来。

那顿晚餐很丰盛，也吃得很快乐。吃完饭后，爸叫了一声妈。妈问他怎么了。

"我打算去东部，我已经知道怎么解决问题了。"爸说，"明早就出发。"

"噢！绝对不行，查尔斯！"妈很夸张地喊了一声。

"别哭，劳拉，不会有事的。"爸对劳拉说。

"蝗虫波及了一百英里，现在只有东部的粮食完好无损。西部的男人正在陆续往那边去，我也得抓紧时间。等

在梅溪边
On the Banks of Plum Creek

我到那边的时候,就已经是收获的时节了。"爸说。

"这个办法如果是最好的解决方法的话,我会支持你的,我会在家里照顾好孩子。只是,西部到东部的距离实在是太远了!"妈担心着。

"只是几百英里而已!"说着爸突然看了一眼脚上的靴子。

劳拉心里明白,爸是在想,脚上的这双靴子似乎能走到东部去。

"这点儿距离不算什么,没问题的!"爸说。

爸在夜幕下拉了很久的小提琴,劳拉和玛丽一直紧紧地挨在他身边。妈也站在他旁边,哄着卡莉睡觉。

爸弹奏了好几首曲子,有《同胞们,团结起来》,还有《迪西兰》《值得珍惜的生命》《万岁!崛起的坎贝尔》和《勇敢的苏格兰人》。然后他又开始唱:

噢,苏珊娜,不要哭泣!
我要去加利福利亚,
带着我心爱的淘金盆!

睡觉之前爸把小提琴交给了妈:"替我好好保管,卡洛琳,它是我的动力。"

黎明时分，爸就吃完了早饭，然后他将换洗的衣物背在身上，和她们一一吻别之后就走了。

走到梅溪边的时候，爸又转过身来，朝望着他的她们挥了挥手之后，又转身继续赶路。慢慢地，爸从她们的视界里消失了。

杰克一直跟在劳拉的身旁。

妈晃了晃身子，打起精神说："姑娘们，现在家里的一切都需要我们打理了。劳拉、玛丽，你们该牵着斑点去岩石边等牛队了。"

妈抱着卡莉走进了屋里，而劳拉和玛丽则去了牛棚。

草原上已经没有草可以吃了，牛们只有溪边的树芽树枝以及去年剩下的一些干草可以充饥。

春 雨

爸走后生活变得无聊透顶。劳拉和玛丽的脑海里一直回荡着爸穿着那双破靴子离她们渐行渐远的场景。

杰克长大了,它拥有了一个灰色的鼻子。杰克经常趴在地上望着爸离开时走的那条小路,哀叹着。但是,它并没抱多大的希望。

天气闷热烦躁,只有在家里才有一丝凉爽,家是避暑的乐园。草原依旧光光秃秃的,看不到一丝生命的痕迹。妈告诉她们,这是因为热浪的缘故。

小木屋的故事
Little House Books

梅溪边的柳树和梅树依旧光溜溜的，梅溪已经干涸很久了，井里也看不到一点儿水，只剩下水潭和地洞旁的泉水还剩了一丁点儿水。放在泉水下面的水桶，一晚上才能装满。早上，妈拿着一个空桶把那桶水替换了回来。

干完活后，劳拉和妈还有玛丽坐在家里休息，屋外炙热的风一阵阵地袭来，饿着肚子的牛群一直叫个不停。

斑点的髋骨和肋骨凸了出来，眼睛也凹了下去。它已经很瘦了。斑点每天都在和外面的牛群一起寻找食物，但是灌木丛和它们能吃到的树叶都被吃光了。瘦了的斑点产的奶，也在一天天减少。

山姆和戴维也在饿肚子，虽然有干草堆，但是得节约着吃，因为得一直坚持到明年的春天。和劳拉出门散步，经过水潭的时候，它们弯下腰去，把鼻子和嘴巴埋进泥水里喝水。

虽然很难喝，但是又没有办法。牲畜和人一样，也在经历着磨难。

礼拜六的下午，劳拉走过独木桥去尼尔森家看有没有爸写回来的信。独木桥边美丽的风景早已不复存在，显得光秃秃的。

尼尔森先生的家刷成了白色，屋顶上盖着很多干草，一旁的牛棚也是用草盖出来的。尼尔森先生家的牛棚和房子的样式和家里的很相似。只是它们在斜坡上,还紧紧挨着地表。

很明显,只有挪威人才会住这样的地方。

尼尔森先生的家不仅大,还很漂亮。床也很大,上面的羽毛床垫和鼓鼓的枕头看起来很舒服。一幅镶着金色画框的画挂在墙上,画里面的姑娘穿着好看的蓝色裙子。为了提防蚊虫爬到画上去,画上面还覆盖了一块纱布,那纱布是蚊帐做成的,专门用来抵御蚊虫。

尼尔森太太告诉劳拉,没有爸的信,过几天尼尔森先生会去邮局询问。然后她叫劳拉下周再来看看。

谢过尼尔森太太后,劳拉就走了。路过独木桥和草丘,她就回到了家里。

"没关系,劳拉,下周就会收到爸的来信。"妈安慰劳拉。

可是下周六依旧没有爸的信。

妈无法抱着卡莉走很远的路,劳拉和玛丽得把鞋子留到冬天穿,光脚去参加主日课是不行的。所以,她们很久都没有去上过主日课了。但是周日的时候,她们会穿上最好看的衣服,安静地坐在家里,背诵《圣经》中的诗,或者阅读《圣经》里的内容。

这个周日,妈给她们读了一段《圣经》里面关于蝗灾

小木屋的故事
Little House Books

的内容,这个故事发生在很久很久以前:

> 蝗虫几乎占领了整个埃及,它们潜伏在埃及领土的任何一个角落,给埃及带来了无穷的灾难。
> 整个地面都被蝗虫覆盖着,放眼望去,四周都是黑压压的。地面上所有的草都被蝗虫吃掉了,树上长出来的果子也被它们吃掉了。不管是树上还是地上,整个埃及都找不到一丝一毫的绿色。

劳拉知道《圣经》里描写的东西都是真实的,她一边听着妈读这段内容,一边在心里想:"现在,明尼苏达州也和那时的埃及一样。"

妈读了一句耶稣说的话:

> 把他们从那片有灾难的地方带走,带到一个幸福的国度,那里流淌着蜂蜜和牛奶。

"噢!妈,这么好的国度在哪里呢?"玛丽问。

"蜂蜜和牛奶怎么可能会在地上流淌呢?"劳拉不想走在这样的地上,粘糊糊的,还浪费。

妈合上《圣经》,把它放在腿上,想了一会儿回答她

在梅溪边
On the Banks of Plum Creek

们说:"在你爸的眼中,这个国度就在明尼苏达。"

"不可能吧?"劳拉不相信。

"只要我们坚持,我想应该会的。"妈说,"草地上的草要足够奶牛吃,那么整个草地上就是牛奶。要是地上有很多盛开着的花朵,蜜蜂在这儿采蜜的话,那满地都是蜂蜜。"

"那我们就不用踩在蜂蜜和牛奶上了。"劳拉说。

卡莉打了一下《圣经》,哭了起来:"我身上都热得长痱子了!"

妈起身把她抱了起来,她一把推开妈:"不要你抱,你好热!"

卡莉真不幸,红疹爬满了她的全身。

劳拉和玛丽浑身直冒汗,她们也热得不得了。她们穿着胸衣、上衣、衬裙,还有领子很高的那种裙子,腰上的束腰带也系得牢牢的。

卡莉吵着要喝水,但是当把水递给她时她又赶紧推开了,嫌热。

"卡莉,乖,谁都想喝凉水,可是现在无法找到。"玛丽说。

"要是有碗井水能让我喝该多好。"劳拉说。

"我希望有根冰柱在我手上。"玛丽说。

"我很不想穿衣服,可是我不是一个印第安人。"劳拉接着说。

"劳拉,住嘴!今天是周日!不要说了。"妈制止着劳拉。

劳拉在心里想,可是我真的一点儿也不想穿衣服!

天气简直太热了,地板上一直在往外面散发着热气。墙上的木板也仿佛被烤化了,松脂像滴水一样慢慢地往地上滴着,渐渐地,地板上就有了好些黄色的珠子。周围到处都是炙热的风,感觉像被火包围着一样。牛群热得发出了狂躁的叫声,杰克躺在地上,舌头伸得长长的,发出一阵阵叹息声。

"如果是我,除了凉风,我什么也不要。"妈叹了口气。

妈的话刚一说完,就有一丝凉风吹进来。卡莉不再哭了,杰克抬起了头,变得精神多了。妈想说话,刚叫了一声"姑娘们",又有一股凉风吹了进来。

妈去到房子后面的阴凉处,劳拉和玛丽以及卡莉也紧随其后跟了出来。屋外像燃烧着几堆火一样炙热,一股热气毫不留情地扑到劳拉的身上。

有一片乌云在天空西北边的位置,在黄色的天空下,这片云看起来很小。这片乌云的影子洒到了草原上,正

在梅溪边
On the Banks of Plum Creek

一点儿一点儿地在飘动。或许你会觉得这是热气,不过,这真的是云。

乌云越来越近了。

劳拉的嘴里在默念着什么。她们把手放在头上,看着西北边的那片乌云,还有它那洒在地上徐徐移动的影子。

这片乌云很黑、很厚,慢慢地移了过来,离得越近的时候,它就看起来越大,云在草原上涌动着。突然,不知道从哪里刮起了一阵冷风。

一股沙尘在草原的上空乱舞着,张牙舞爪地向前飞去。炙热的阳光依旧照射着草原上的一切。那片阴影渐行渐远。

过了一会儿,天空突然出现了一片亮光,雨从云里面飘落下来。雨形成了雨幕,把天空全遮住了。然后,雷声又响了起来。

"雨离得太远,可能下不到我们这里来,不过还好,天气凉快了不少。"妈说。

炙热的空气中有了雨的味道,天气稍微凉快了一点儿。

"噢!会的,妈,雨一定会下到我们这里来的!一定会的!"劳拉叫到。

劳拉和玛丽在心里向上帝祈祷着,希望雨能下到这

边来。

慢慢地,风变得越来越凉快,云也越来越大。很快,乌云就布满了整个天空。

雨像黑影似的一下子就泻了下来,落到草地上的时候,就像有人在上面走路一样。她们的身上都被雨淋到了。

"赶快进来!"妈大喊一声。

雨落到单坡屋顶上,发出了滴答滴答的响声,很聒噪。妈打开了门,还卷起了窗帘打开了窗户,以便让外面的冷空气灌进来。

倾盆大雨把地上难闻的气味全都冲走了。雨水顺着屋檐流了下来,炙热的空气渐渐消失了。满屋子的清新空气让劳拉的心情瞬间好了起来,人变得非常轻松。

雨水流进了干裂的土地,也流进了蝗虫卵的洞里。泥土在雨水的冲刷下,变成一滩滩软泥。

雷鸣电闪。

劳拉和玛丽兴奋地跳了起来。卡莉拍着小手大声叫着。杰克扭动着身子,摇晃着尾巴,像小时候一样淘气,它趴到窗户上,兴奋地看着外面的雨。没有任何征兆,一个炸雷响了起来,杰克朝着打雷的方向大声狂吠着,似乎在说:"让暴风雨来得更猛烈些吧,我怎么可能害怕你!"

在梅溪边
On the Banks of Plum Creek

妈估计,这场雨得一直下到傍晚。结果到了傍晚,雨真的停了。

雨水流到了梅溪里,然后继续向草原和东边流去。还有水珠慢慢从天空中落下来,在太阳的照耀下,它们闪着诱人的光芒。变成紫红色的云镶着好看的金色边框,太阳很快就落山了,没多久星星也出来了。

夜晚的空气非常清爽,踩在潮湿的地上,好惬意的感觉。这时候,劳拉很希望爸就在身边。

次日,太阳照常升起。天空还是和以前一样,一片金色,空气依旧炙热。

夜幕来临的时候,地面上出现了很多细小的草芽。

也就几天的时间,原本光溜溜的草原就穿上了一件浅绿色的衣裳。牛群们等不及了,疯狂地吃才长出来的嫩草。山姆和戴维也被劳拉牵了出来,它们开心地吃着草地上的青草。

斑点渐渐地长回来了,现在挤出来的牛奶比以前更多,也比以前更甜更香。

牛群们也不再嘶叫。

梅溪边的柳树和梅林也重新长出了叶子。

爸的来信

劳拉特别想爸,尤其是在广阔深邃的草原被孤寂的风刮着的夜晚。那时候她的内心空荡荡的,时常会感到很痛,她总是觉得特别孤单。

爸走了没多久的时候,劳拉一天会和妈提爸很多次:他一天能走多远?他住在哪儿?靴子够走那么远的路吗?渐渐地,她不再和妈提爸了。虽然妈也很想爸,但她总是假装不去想,并且刻意不记起还有多久就要到周六了。

"我们要是想一些其他事情的话,时间会过得很快

在梅溪边
On the Banks of Plum Creek

的。"妈说。

周六这天,她们一直期待着,等着尼尔森先生从城里邮局带回来好消息。

杰克跟在劳拉的后面,顺着草原走了很远的路。她们在等待着尼尔森先生的马车。

能吃的都已经吃完了,蝗虫正在往其他地方飞。它们离开的时候不像来时那么嚣张,一片一片的,而是逐个单独地飞行。但是,草原上还是有数不尽的蝗虫。

依旧没有收到爸的信。

"没关系,爸总有一天会给我们写信的。"妈对她们说。

在草地上玩耍的时候,劳拉偶尔会奇怪地想,要是不那么期待爸的信会不会好一些?

劳拉告诉自己不要去想,可是她越刻意,就越想。看到玛丽的时候,她也知道她很想爸。

一天晚上,劳拉鼓起勇气问妈:"妈,爸应该会回来吧?"

"那是一定的呀,爸肯定会平安回来的!"妈的声音很大。

她们这时候才明白,妈其实和姑娘们一样担心着爸,生怕爸会出事。

爸的靴子可能烂了,走路的速度慢了下来。他可能被牛群袭击了。他可能撞上了火车。他出门的时候没有带枪,可能被野兽袭击了。在晚上的时候,他不小心被树上跳下来的豹子吃了。

下一个周六,劳拉准备再去尼尔森先生家的时候,尼尔森先生拿着一个白色的东西从独木桥那边走了过来。

劳拉飞快地跑了过去,她知道,尼尔森先生手上的那个东西是爸的信。

劳拉接过信,向尼尔森先生道谢以后就飞快地往家跑去。

妈正在给卡莉洗脸,她手都没顾上擦,就颤抖着接过了爸的信。

"是爸。"她一边说一边颤抖着打开了信封,取出信,信里面有一张纸币。妈很激动,甚至都拿不住发针了。

妈看完了信,捂着脸哭了起来:"爸在那边过得很好,我们不用担心。"

妈哭了一会儿,又欣喜地笑了起来,把上面的内容读给她们听。妈的泪水一刻不停地从眼眶中夺出,一边读信一边用手擦着。

爸走了近三百英里的路才找到工作,他现在在帮别人收麦子,一天的薪水是一美元。

爸给家里寄来了五美元,他自己还留了三美元,用作买新靴子用。

爸还说,他工作的那里麦子都长得很茂盛,硕果累累,如果家里一切都很好的话,他可能会在那里一直工作到丰收。

她们很想念爸,希望他快点儿回来。当劳拉一家得知他过得很好,又添置了新靴子的情况后,都开心地笑了起来。

带来希望的黎明

天气越来越凉了,尤其在太阳还没有出来的清晨,草原上的温度使人瑟瑟发抖,蝗虫也被冻得四肢无力。

某一天早上,地面上突然有了一层白色的东西——霜。霜让整个草原穿上了一件白色的外衣。劳拉的脚被冻得没有了感觉,在地上,有很多蝗虫一动不动地趴在那里。

没多久,草原就看不到一只蝗虫了。

风变得越来越大,越来越刺骨。从铅灰色的天空掉下来的雨异常冰冷,没多久,雨又变成了雪。

在梅溪边
On the Banks of Plum Creek

冬天就要来了，可是爸还是没有回来。

劳拉穿上了那双留在冬天准备穿的鞋。不知道怎么回事，以前穿着不硌脚的鞋子，现在却硌脚了。玛丽的鞋子也硌脚。她们不知道这是什么原因。

爸去东部之前储备的柴火都烧光了，玛丽和劳拉只能出去捡柴火回来。地面上最后一块嵌在冰里的柴火被弄出来时，她们的手指和鼻子不小心被飞起来的碎冰打伤了。她们冷静地用头巾包好受伤的手指，然后继续朝柳树林的方向走去。她们想去那里拾一些能烧的树枝。

这天下午，尼尔森太太突然来到家里串门，并带上了安娜，安娜很小，她还是一个婴儿。

尼尔森太太有一头和玛丽一样漂亮的金色头发，她很漂亮，笑起来的时候嘴里洁白的牙齿清晰可见。劳拉很喜欢她，但却不怎么喜欢安娜。

安娜比卡莉要大一些，劳拉和玛丽无法和她沟通，因为她讲的是挪威语，她们听不懂。同时，她们讲的话安娜也听不懂。无法交流，也就无法快乐地在一起玩耍。夏天的时候，如果尼尔森太太带着安娜来家里串门，她们就会去梅溪边玩耍。但现在是冬天，外面太冷，她们不敢出去，只好在家里陪着安娜一起玩耍。而且，妈也希望她们这么做。

妈对她们说:"姑娘们,把你们的玩具拿出来吧,陪着安娜一起玩会儿。"

劳拉将妈用包装纸剪出来的娃娃拿了出来,她们三个坐在开着门的烤箱边玩耍。安娜很喜欢这些娃娃,她从箱子里拿出来了一个,然后撕成了两截。

劳拉、玛丽、卡莉都被安娜的行为吓住了。

两位妈之间正在聊天,丝毫没有注意到这边发生的事情。

劳拉将剩下的娃娃盖在了箱子里面。安娜玩腻了那个撕烂的娃娃,想重新要一个新的。这下,她们不知道怎么办了。

如果没有得到娃娃,安娜会哭,她们不能让她哭起来。但是她肯定又会把新的娃娃撕碎。玛丽在劳拉耳边悄悄说:"夏洛特她撕不烂,把它给安娜。"

趁着玛丽哄安娜的间隙,劳拉爬到了楼上。她打开箱子,夏洛特正安静地躺在里面,它微笑着,红布做的嘴巴和纽扣做的眼睛非常好看。劳拉把它拿了起来,摸了摸它的头发和裙子。夏洛特四肢不健全,没有脚,手也只是用布缝着的布球而已。但是劳拉对它爱不释手。

夏洛特从他们住在大森林里的时候,就一直跟着她了。

在梅溪边
On the Banks of Plum Creek

劳拉下楼的时候，安娜冲她大叫，劳拉把夏洛特递给了她。安娜把夏洛特抱得紧紧的，劳拉很紧张地看着她。

安娜一会儿扯它的衣服，一会儿又弄她的头发，还把它放到地上打滚。不过还好，夏洛特没有被弄坏。劳拉心想，只有她走了，她才能整理夏洛特。

要走的时候，安娜做了一件让人非常吃惊的事情：她似乎想把夏洛特也带回去。

可能在她们不知道的情况下，安娜把夏洛特当成自己的了，或者觉得劳拉已经送给她了。劳拉伸手去拿夏洛特的时候，安娜大声尖叫着。

"把我的娃娃给我！"劳拉说。

安娜死死地抓着夏洛特，不肯给劳拉，还对她拳打脚踢。

"劳拉，安娜还小，你已经大了，不需要玩具了，快放手，把娃娃给她。"妈叫住劳拉。

虽然心里很不舒服，但劳拉不得不放手。通过窗户，她看到了挥舞着夏洛特蹦蹦跳跳往家走的安娜。

她们走后，妈对劳拉说："你难道不觉得害羞吗？你都这么大了，还和一个小孩子抢玩具。不要生气了，反正你都好久没有和夏洛特玩了，做人不能自私，送给她吧。"

劳拉回到阁楼，安静地坐在那儿，她虽然没有任何泪

丧的表情，心里却在滴泪。

爸走了，这下夏洛特也没了。望着空空的盒子，听着吹拂着屋顶的风，劳拉感觉整个家非常冷清。

"劳拉，我很抱歉，如果知道你这么喜欢那个娃娃，我是不会送给安娜的。但是安娜玩得那么开心，你怎么私自留着呢？"晚上的时候，妈向劳拉道着歉。

尼尔森先生第二天给家里送来了一整车柴火，那是他帮劳拉她们砍的。那一天，尼尔森先生一直在劈柴，劳拉家里堆得高高的。

"尼尔森先生一家是很好的人，有他们作为我们的邻居，我们应该感到高兴。现在你还生气把娃娃给了安娜吗？"妈问劳拉。

"不了，妈。"

劳拉虽然嘴上这么说，心里其实非常难过，因为爸和夏洛特都走了。

天已经很冷了，雨落到地上就变成了冰。此后她们再也没有收到过爸从东部写回来的信，妈觉得这是爸要回来了的征兆。夜晚，听着风声，躺在床上的时候，劳拉一直在想着爸。

尼尔森先生帮忙砍的柴堆上已经堆了一层雪，可是依旧没有任何爸的消息。每个周六，劳拉都会穿好鞋袜戴上妈的头巾，去尼尔森先生家，询问是否有爸的信件。

劳拉一般不会进到尼尔森先生家里去，她不想看到夏洛特。当得知没有信件后，她就会谢过他们然后转身往回走。

暴风雨肆虐后的一天，劳拉在尼尔森先生家门前的一个水坑里发现了夏洛特。那天很冷，夏洛特整个身子都被冻在了水坑里。

夏洛特被安娜遗弃了。

虽然很不开心，但劳拉还是敲开了尼尔森先生的家门。开门的是尼尔森太太，她告诉劳拉，没有收到爸的信，而且最近天气太恶劣，尼尔森先生没去城里。得知尼尔森先生下周就要去城里的消息后，劳拉谢过了尼尔森太太就转身回家了。

雨雪肆无忌惮地拍打着夏洛特，安娜已经把它折磨得完全没了之前的模样。夏洛特的头发松了，纱布嘴唇也烂了，鞋扣做成的眼睛也不知道去了哪里，满脸都是血红色的布。

虽然劳拉不愿意承认，但它就是夏洛特。

劳拉用头巾包着夏洛特，迎着风雪快步跑回了家。

"什么情况！劳拉，你快说！"妈被劳拉吓到了。

劳拉说尼尔森先生没去城里，然后它把夏洛特拿给妈

看:"你看这个,妈。"

"这是什么?"妈已经认不出来了。

"我的夏洛特,是我从尼尔森先生家偷回来了,我才不会在乎会发生什么!"劳拉的情绪有些激动。

"别激动,劳拉,告诉妈,出什么事情了。"妈让劳拉坐在自己腿上,她坐在一张摇椅上。

劳拉说完事情的经过以后,妈觉得她做得并没有错。她甚至觉得劳拉把夏洛特从安娜的手中解救了出来,她向劳拉保证,一定会让它变得和以前一样。

妈把夏洛特身上的头发、嘴唇、脸颊、眼睛都取了下来。洗干净夏洛特后,妈又用淀粉泡了一下,然后又将它熨了一番。

劳拉重新找了一块粉色的布和两颗纽扣分别作为夏洛特的脸和眼睛。

夏洛特又恢复了原样,微笑着,嘴唇红红的,甚是好看,眼睛是黑色的,闪着亮光。梳成小辫子的金发一晃一晃的,还有一个蓝色的蝴蝶结系在上面。把夏洛特放到盒子里后,劳拉这才安心地躺到了床上。

太冷了,玛丽和劳拉紧紧拥抱在一起,整个身子都钻进了暖和的被子里。而外面狂风大作,夹着雪的雨肆虐地拍打着房顶。

在梅溪边
On the Banks of Plum Creek

恐怖的撞击声突然响了起来,她们缩在被子里瑟瑟发抖。一个声音说:"木头明明在我手上,是怎么掉的呢?"

劳拉和玛丽尖叫了起来,然后迅速跑下楼,扑到了爸的身上。然后,说话声和笑声以及走在楼梯上的声音就响了起来。

爸的眼睛泛着蓝色的光,头发也立了起来,非常精神,靴子也换成了崭新的。从东部的明尼苏达州到这里,迎着风雪,爸走了接近两百英里。现在,他终于站在了一直想念着他的亲人面前。

"你们真是一点儿也不害羞,穿着睡衣就往外跑。要吃早饭了,快穿好衣服吧。"妈说。

她们回到阁楼上穿好衣服后,又从楼梯跑下来拥抱了爸,洗好手洗完脸梳理好头发后又分别拥抱了爸一次。

杰克围着爸一直转着,小卡莉一边敲着桌子一边念叨着爸回来的消息。

坐下后,爸说:"在那边天还没亮就起来干活了,天天围着打谷机转,忙得没有时间给你们写信。忙完后,我就立马回来了,没有提前写信通知你们,也没有给你们买东西,不过没关系,我现在挣了钱,咱们可以去城里买。"

"查尔斯,你给我们最好的礼物就是你回来了。"妈很

开心。

吃完饭后,她们跟着爸一起去牛棚里看牲畜,杰克也一直摇着尾巴跟在后面。看到斑点、山姆和戴维后,爸开心地说:"如果我在家,不见得会把它们喂得这么肥。"妈说,玛丽和劳拉帮了她很多。

"没有什么比得上回家的感觉了!"爸感叹了一声,然后看着劳拉的脚问,"劳拉,你的脚怎么回事?"

劳拉高兴得忘了硌脚的事情,要不然身子也不会一歪一歪的了。"鞋把我的脚硌了。"劳拉说。

到家后,爸把劳拉抱起,去摸她被硌了的脚。"哎呦,脚趾头好痛!"劳拉喊道。

"你的鞋硌脚,应该是你的脚长大了的缘故。你的鞋子呢?玛丽。"爸看着玛丽。

玛丽表示自己的鞋子也硌脚。

然后,爸叫玛丽把鞋子脱了,给劳拉穿上试试。玛丽的鞋子完好无损,劳拉穿上后觉得很舒服。

"如果抹点儿油,鞋子就像刚买的了。"爸说着,又吩咐起其他事情,"玛丽的鞋子留给劳拉穿,劳拉的鞋子以后可以留给卡莉穿,卡莉很快就会长大了。只是,玛丽需要重新买一双新鞋子。卡洛琳,你看看还缺什么,我现在去准备马车,等会儿咱们就可以进城了。"

进　城

忙了好一阵，她们才穿好厚衣服，戴好头巾，然后飞快地上了马车。

冬天就是这样，即使有很大的太阳，但依旧会被冷空气冻透鼻子。她们的鼻子都很不舒服。地面也被冻得生硬，掉在上面的雨夹雪一闪一闪的。

妈抱着卡莉和爸坐在车座上，玛丽和劳拉则坐在车厢的地板上，她们的头巾裹得紧紧的。杰克留下来看家，它坐在门前看着马车远去。杰克没有感到孤单，它知道不需

要多久他们就会从城里回来。

爸回来了，山姆和戴维也很开心，它们快乐地向前奔跑着。走到菲奇先生的商店门前，听到爸的"吁"声它们才停下来。

爸把之前修房子买木板的钱给了菲奇先生，还把尼尔森先生帮妈买糖和面粉的钱也给了他。接着，爸看了看剩余的钱，和妈又给玛丽买了双新鞋子。

看着玛丽闪亮的新鞋子，劳拉有些不舒服。玛丽比自己大，如果自己一直穿玛丽不能穿的鞋子的话，那她永远也穿不到好看的鞋子了。

当妈说完要给劳拉买一条新裙子之后，劳拉迅速冲了过去，看着菲奇先生拿出来放在柜台上的裙子。那些裙子都是羊毛布料的，适合冬天穿。

去年，劳拉的衣服都被妈改大了。今年，那些衣服很多都磨出了洞，手臂都露了出来，不能穿了，这是由于衣服太小了。虽然妈后来把破洞缝补到看不出来，但劳拉还是没法穿。

劳拉无论如何也不会想到，自己会得到一条漂亮的新裙子。

妈拿着一匹金黄色的法兰绒布问劳拉好不好看，劳拉惊讶得说不出话了。"我敢打保票，穿着它会很舒适。"菲

在梅溪边
On the Banks of Plum Creek

奇先生说。

妈又拿了一些红色的饰物在布上量了量:"我打算在裙子的领口袖口和腰上,用这种布料的饰物装饰。劳拉,好看吗?"

"是的,非常好看,妈!"劳拉一边说着,一边抬起头,撞到了爸的眼睛。爸的眼睛是蓝色的,很有神。

"卡洛琳,买下这个吧!"

爸一说完,菲奇先生就用剪刀把妈刚选的布料裁剪了下来。

爸妈打算给玛丽买一件新衣服,但是她不喜欢菲奇先生家的布料,没办法,他们只好去奥利森先生家买了。在奥利森先生家的商店,玛丽看到了深蓝色法兰绒布和镶着金边的饰物。这都是她喜欢的。

奥利森先生裁剪着布,玛丽和劳拉正打量着其他布料的时候,内莉出现了。

肩上披着毛皮披肩的内莉冲她们打了一声招呼,然后看了看玛丽选的布,她一脸轻视地说,只有乡下来的姑娘才会喜欢这么难看的东西。而后,她又转过身把披肩给她们看,像炫耀着什么宝贝似的。

她们看了一眼披肩。内莉说:"劳拉,你不想要一件披肩吗?但是你无法拥有,因为你爸没有商店。"

劳拉气得转过身去,她很想揍内莉,但是不行。内莉笑了一下,出去了。

妈买了给卡莉做斗篷的保暖布,爸买了面粉、茶豆、盐和糖等东西,然后又给煤油罐灌满了煤油,接着他又去了邮局。

买完所有东西后,已经是下午时分。天又开始冷了,爸便赶着山姆和戴维像飞一样往家奔去。

吃完饭洗好餐具后,妈把买的布拿了出来,她们很开心地欣赏着。

"爸回来了,周日的时候我们又得去上主日课了。不过没关系,我很快就会给你们把衣服做好的。"妈说。

"你那件灰色的印花丝布料去哪了?我没看到,卡洛琳。"爸问妈。

妈红着脸低下了头。爸问:"难道你没买?"

"难道你买了外套?查尔斯。"妈斜了一眼爸。

"我现在穿的外套很好,卡洛琳。如果蝗虫卵长大了,那明年根本没有庄稼可以种。而下一季的丰收季节到了我才能去找工作,那需要很长一段时间。"爸的表情有些不自在。

妈笑了起来:"我和你一样,我现在的衣服都还不错。"

吃完晚饭后,爸点起了煤油灯,拿出了小提琴,调着

在梅溪边
On the Banks of Plum Creek

音,准备拉。"我好久都没拉了。"爸一边摆弄着小提琴一边说。

爸弹奏了好几首曲子:《可爱的小姑娘,漂亮的小姑娘,被我遗忘的姑娘!》《当乔尼骑着战马回到故乡》《我的肯塔基故乡》《斯旺尼河》。

爸一边弹还一边唱,然后,她们也跟着爸一起唱:

或许我们能享受荣华富贵,
只是和故乡比起来,它显得很卑微。

圣诞节的惊喜

这个冬天一直是螳虫天，很暖和，没有下多少雪。天空是铅灰色的，一直刮着寒风。在姑娘们看来，没有什么地方比家更温暖更舒适了。

爸一直在外面忙碌着。他把木头用马车运到家里来，然后劈开，当柴烧。梅溪已经冻住了，他顺着梅溪一直走到没有人烟的地方，在那里用陷阱抓住了水獭、水貂、麝鼠。

早上的时候，玛丽和劳拉一起学习，读书，做算术

在梅溪边
On the Banks of Plum Creek

题。下午的时候,妈会检查她们早上的学习成果。妈很欣慰地说她们非常优秀,再开学的时候,她们会超过班上很多同学。

周日的时候,他们一家人都会去教堂上主日课。这天,内莉又在教堂里炫耀她的披肩了。劳拉心里很窝火,因为她想起内莉上次说了爸的坏话。但是劳拉知道,她不能生气,得压制住这股火,不然,将无法成为天使。劳拉想起了在家里《圣经》上看到的天使,她们穿着白色的长长的袍子,非常漂亮。只是,没有一个天使穿着披肩,也没有一个穿着毛皮做的披肩。

有一个周日,奥尔登牧师从东部的明尼苏达州来到了教堂,他依旧是来传教的。他们一家人都非常开心。

那天,奥尔登牧师在讲台上讲了很久,劳拉一直盯着他的眼睛和抖动的胡须看。他的眼睛是蓝色的,非常和蔼。劳拉想和他说话,做完礼拜之后,他真的下来和她说了一会儿话。

奥尔登牧师依旧记得他给她们取的名字:"我可爱的乡村姑娘,玛丽、劳拉!"

劳拉的新裙子已经做好了,只是裙身和袖子非常长,这导致她的外套看起来非常短。不过,镶在裙子和袖口上的红色饰物还是很好看的。

奥尔登牧师说："劳拉，你的衣服真好看！"此后的几个礼拜日，奥尔登牧师将一直待在东部，他在那边有一个属于自己的教堂。

劳拉本来已经原谅了内莉，可是那天上主日课的时候，她又开始炫耀自己的披肩，还冲劳拉露出一副不屑一顾的表情。劳拉又开始发怒了。

这天下午，妈告诉她们不需要做作业了，因为晚上的时候准备要进城。劳拉和玛丽听后都很诧异。

玛丽问："以前，我们从未选择过在晚上进城。"

"凡事都有第一次。"妈说。

"可是，为什么我们晚上要进城呢？这究竟是为什么呢？"劳拉继续问。

"我们给你们准备了惊喜。只是，现在先不要打听了，咱们要赶紧洗澡，然后换上漂亮的衣服。"妈说。

那天是周三。

妈用热水给玛丽、劳拉、卡莉洗了澡，她们洗得很认真，也很干净。洗完后，她们穿上了内裤和胸衣，内裤和胸衣也洗得很干净。然后又梳好辫子系好发带，接着又把鞋子洗得白白净净。

她们不知道发生了什么事。

晚饭很早就吃完了，爸在卧室洗澡的时候，她们在另一个房间悄声讨论着。尽管她们明白，最好不要追问到底是什么惊喜。

劳拉和玛丽被爸抱到了铺满干草的车厢，她们坐在干草上，爸还给她们身上裹了毯子。爸和妈在车座上坐稳后，马车就拉着他们朝城里的方向跑去了。

天上的星星很小，也很模糊。路上已经结了冰，马儿在上面驰骋着，蹄声清晰可闻。

爸听到了什么声音，就勒住绳子，并"吁"了一声，山姆和戴维就停止了脚步。四周漆黑一片，除了寒冷和孤寂，什么也没有。

寂静的黑夜突然响起了一阵很好听的声音，音调听起来好像有两个，并不断重复着。

只有山姆和戴维咀嚼食物，而他们保持姿势，没有动。

那两个悠扬的音调依旧在重复着，清脆的声音，优雅的曲调。似乎是星星唱歌的声音。

妈提醒爸该走了，于是爸驱着马车继续赶路。虽然耳边已经响起了马车和地面碰撞的声音，但是劳拉还是能听到那两个好听的音调。

劳拉问爸那个声音是什么。爸告诉她那是钟声，从教堂里发出来的。

因为赶车的缘故,爸穿起了那双破靴子。

城里的人似乎都睡着了,安静得出奇,路过商店的时候,商店里也没任何动静。"噢!真漂亮!你们快看教堂那儿!"劳拉大叫着。

满教堂的光透过窗户照射了出来,当人们进入教堂的时候,灯光从敞开的门里把外面漆黑的路也照亮了。裹着毯子的劳拉很想跳下来,但是她还不能站起来,因为马车还没停。

爸把马车停在了教堂阶梯边,然后叫她们先进去。但是她们没有进去,直到爸把马车停好,并给山姆和戴维盖上毯子,她们才和爸一起进去。

教堂里太美了,劳拉瞠目结舌,都说不出话了。劳拉抓着玛丽的手,跟着爸妈的后面,缓缓地往里走。

虽然不确定,但是劳拉觉得,摆在凳子前的那个东西肯定是一棵树。虽然从未见过这样的树,但是劳拉觉得它就是一棵树,因为她看到了树干和树叶。

这棵树上挂满了绿色的带子,带子系着粉红色的小布袋,布袋里的糖果劳拉看得清清楚楚。树枝上挂着用粉色、蓝色、红色等颜色的包装纸做成的、被绳子紧紧绑住的小包裹。包裹与包裹间,还搭着一些丝巾。还有用细绳连着的手套,细绳可以挂在脖子上,以免手套遗

在梅溪边
On the Banks of Plum Creek

失。某根树枝上还挂着一双崭新的鞋子。爆米花串成串儿环绕着树。

树的下面和两旁放着许多东西。劳拉看到了木桶、奶油搅拌器、牛奶桶和洗衣板、滑板、铲子、干草叉子。

她很高兴,激动得不知道说什么了,紧紧地抓着玛丽。劳拉看向妈。妈对她说:"这是圣诞树,是不是很漂亮?"

她们没有说话,只是猛地点了点头,目不转睛地看着那棵树。她们原本对圣诞节的到来并不期待,因为今年冬天没怎么下雪,气氛不算太浓。突然,劳拉眼前一亮,她看到了一根高高的树枝挂着一个暖手筒和一件毛皮披肩。

奥尔登牧师在教堂布道。但是此时劳拉的眼中只有那棵圣诞树,听不进奥尔登牧师的话。人们起立唱歌,劳拉也站了起来。但是她闭着嘴,没有跟着唱。在劳拉眼中,眼前这棵树是世界上最漂亮的东西。

唱完歌后,道尔先生和比德尔先生从树上把东西拿下来,并念着名字。听到名字的人就上去接过他们手中的东西。

树上的东西居然是圣诞节礼物!

教堂里的灯光开始闪烁,人群开始跳舞,神奇的圣诞树也旋转起来了。人们兴奋不已。

小木屋的故事
Little House Books

　　劳拉得到一个装有糖果的粉色袋子，还有一个很大的爆米花球，玛丽、卡莉和其他孩子也一样。劳拉和玛丽还分别得到了一双红色和蓝色的手套。

　　妈的大包裹里是一件又厚又长的棕色和红色交叉的格子头巾。爸的围巾是羊毛的。卡莉兴奋得大喊，因为她得到了一个陶瓷娃娃。

　　周围充斥着许多声音，有欢笑声，有拆礼物的嘶嘶声，还有相互说话的声音。道尔先生和比德尔先生依旧在念着名字。

　　暖手筒和毛绒披肩还挂在圣诞树上，劳拉看着它们，充满渴望。她想知道最后谁会拿到它们。应该不会是给内莉的，因为她已经有披肩了。

　　劳拉已经不期待其他的礼物了，这时玛丽又收到了一本漂亮的画册，里面是《圣经》故事的图画。这是道尔太太精心为她准备的。

　　这时，道尔先生取下了暖手筒和毛皮披肩，然后念了一个人的名字。因为周围声音太嘈杂，劳拉没有听清那个名字。一转眼，披肩就不见了。

　　卡莉又收到了一个带着棕色斑点的白色陶瓷狗，但是她的全部心思已经在那个陶瓷娃娃身上了，劳拉只好微笑着帮她接过，并摸了摸它。

在梅溪边
On the Banks of Plum Creek

"劳拉,圣诞快乐!"比德尔太太边说边把一个精致的盒子递给劳拉。盒子是陶瓷做的,上面有一个茶壶和杯子,都是金色的。盒子的容积可以容纳一枚胸针。妈说这是首饰盒。

这是她们过得最美好的圣诞节。整个教堂都洋溢着欢乐祥和的气氛。劳拉非常开心,好像身体被放大了无数倍,肚子里装着圣诞节、手套、首饰盒、茶杯、糖果、爆米花。有人拍了拍劳拉的肩膀,说道:"劳拉,这个给你。"

劳拉转身,看到了微笑的道尔太太,以及她手上的自己梦寐以求的暖手筒和毛皮披肩。

"真的吗?"劳拉把心爱的毛皮披肩抱在怀里的一刹那,觉得任何礼物都可以不要了。她紧紧地抱着毛皮披肩,仿佛想说明它真的是自己的了。

周围依然喧闹非凡,可是劳拉心里只有毛皮披肩,她一遍遍地抚摸它。

人们散去了,妈一边帮卡莉整理外套和帽子,一边向奥尔登牧师道着谢:"谢谢您的头巾,我正好需要它。"

"谢谢您的围巾,以后进城再也不怕冷了。"爸说。

奥尔登牧师坐了下来,问玛丽:"外套合适吗?"

这时劳拉才知道玛丽拥有了一件外套。玛丽已经迫不及待地穿上了它。外套是深蓝色的,很长,袖子刚刚好。

玛丽穿上很合身。

"劳拉，毛皮披肩怎么样？"奥尔登牧师帮劳拉把披肩披上，然后又把暖手筒挂在劳拉的脖子上，劳拉把手放进了暖手筒。

"看！以后上主日课乡村小姑娘就不会怕冷了！"奥尔登牧师说。

妈问道："劳拉，要不要说点儿什么？"

奥尔登牧师摆了摆手："不用了，她的眼神把想说的话都表现了出来。"

劳拉依然沉浸在梦想成真的欢喜中。金黄色的披肩披在她的身上，正好遮住了她外套上磨损的带子，而暖手筒非常长，遮住了一边偏短的袖口。

"她现在的样子像长着棕色羽毛、带着红色花边的鸟儿。"奥尔登牧师开玩笑道。

劳拉开心地笑了，因为她觉得奥尔登牧师的比喻很贴切。因为她的外套和披肩都是棕色的，而帽子、手套、裙子都是红色的。

"回到东部以后，我一定要告诉大家棕色小鸟的故事。"奥尔登牧师说，"当初我告诉那里的人这边的情况时，大家非要送礼物来装饰圣诞树。好心的人们送上了自己准备的礼物，你的披肩和玛丽的外套都是一个小姑娘送的。

在梅溪边
On the Banks of Plum Creek

"非常感谢，先生。"劳拉说道，"也请您替我跟她说一声谢谢。"劳拉虽然刚才没有说话，但是一说话就像玛丽一样从容。

他们道过晚安后就离开了。穿着新外套的玛丽看起来非常漂亮，而爸怀中的卡莉也更加可爱了。爸、妈很高兴，劳拉也很开心。

奥利森夫妇抱着东西回家了，内莉和威利也和他们父母一样。一些邪恶的坏念头早已抛到了九霄云外，现在，劳拉的心里只有喜悦和兴奋。

这时劳拉心中没有什么其他的想法了，只是暗自窃喜。

劳拉特意跑到内莉面前，说了一句"圣诞快乐"，内莉有些惊讶地看着她，劳拉没等她反应过来就走远了。劳拉身上的披肩不但比内莉的好看，而且还比内莉多了暖手筒。

蝗虫离开了

圣诞节之后,下雪的次数开始变少。爸用劈开的柳树做了雪橇,这样,即使遇到下雪的周日,他们也可以穿戴好之前收到的新衣服、新头巾、新围巾以及披肩去上主日课。

切努克风突然在一个早上刮到了草原上,爸告诉她们说,这种风很暖和,是从西北部吹来的。只过了一天,所有的积雪都融化了,梅溪又开始生机勃勃地流动了。之后又接连下暴雨,连下了好几个夜晚。梅溪开始汹涌澎湃,

在梅溪边
On the Banks of Plum Creek

怒吼着向低岸冲去。

雨停之后,梅溪恢复到了以前温顺的样子,柳树和梅树也发芽了,草原上草儿的头渐渐地冒了出来。姑娘们打着赤脚在草原上嬉戏、奔跑。

很快,夏天到了,劳拉和玛丽本该去学校念书了。

但劳拉和玛丽没有去读书,因为爸又要出远门,妈一个人在家孤单,她们得陪伴着她。今年的夏天异常炎热,老天舍不得下雨,空气似乎也要燃烧起来。

吃午饭的时候爸说:"这么炙热的太阳,会加速蝗虫卵的孵化,到时候,它们会像爆米花那样爆出来。"

劳拉跑到外面,草原上有很多在慢慢蠕动的绿色小蝗虫。劳拉拿起一只放到手里观察,它的翅膀和腿非常细小,眼睛和头也很小,浑身通体都是草一样的绿色,又小又可爱。劳拉简直不敢相信,这么可爱的小蝗虫,长大之后会变得那么丑,还变成了自己讨厌的棕色。

"它们会很快长大,吃掉草原上所有绿色的东西。"爸说。

慢慢地,草原上到处都是蠕动的绿色小蝗虫。虽然大小不一样,但它们无一例外都非常贪吃,一边走一边吃,整个草原都是它们啃食东西的声音。这种声音很大,能胜过刮着的风声。

菜园子里的植物、马铃薯的嫩芽、草地上的嫩草、柳树叶、梅树叶以及刚长出来不久的青涩果实都被一层一层的蝗虫啃食得干干净净。蝗虫很快就长大了，而草原也变成了光溜溜的。

蝗虫越来越大，也越来越丑陋，身上的绿色被棕色取代。眼睛鼓鼓的，长着刺的腿在草原上蹦来蹦去。它们盖住了整个草原。

劳拉和玛丽害怕得躲到了家里。

该死的天依旧不下雨，酷热难耐，四周到处都是丑陋的蝗虫的叫声。终于，她们的忍耐到了极限。

"天啊，我实在是受不了了！查尔斯。"妈对爸说。她生病了，脸色苍白，说话的时候有气无力。爸没说话。

爸连着出门好几天，每次回来的时候脸都是板着的。爸不再唱歌和吹口哨，既然他不理会妈的问题，就证明现在是非常时期。

爸站在门口，望着外面。

卡莉也懂事地不再吵闹。听见蝗虫声的时候，她们就知道，酷热难耐的一天又要开始了。突然，蝗虫发出了另外一种她们没有听过的声音。劳拉跑了出去，爸紧随其后，看到外面的情况，他们笑了。

"外面发生了好怪异的事情，卡洛琳，快出来看！"

在梅溪边
On the Banks of Plum Creek

爸叫着妈。

所有蝗虫挨在一起,紧紧地,摩肩接踵,盖住了草地,它们很有组织地向西边移动着,速度非常快。

妈从屋里走出来站在爸的身边。玛丽问爸这是什么情况,爸摇摇头,说不知道。

妈轻声说道:"希望它们走了就不要回来了。"

他们一直站在门口看着外面这神奇的场景。卡莉爬上了凳子,用勺子敲打着餐桌。妈说:"别着急,我马上就来。"妈没动,眼睛紧紧地盯着外面的一切。蝗虫挨挨挤挤地连成一片,没有任何缝隙。

卡莉敲着桌子大叫起来:"吃早饭!"依旧没有谁搭理她,于是,她哭了起来,嘴里大声叫着妈。

"马上就来了,给你早饭吃。"妈转身,看到卡莉,她一下惊叫了起来,因为卡莉身上到处都是蝗虫。

它们是从窗户里爬进来的,挨得紧紧的,爬过窗台和墙面,占领了屋里所有的一切。它们顺着餐桌和凳子往上爬,桌子和凳子以及卡莉的身上全部都是它们的身影。它们成群结队,正在往西边去。

妈喊道:"快关上窗户!"

劳拉从蝗虫的身上踩过去,关上了窗户。爸出去看了看,然后说:"阁楼上的窗户也得关上。房子东面的蝗虫和

地面的一样多,它们直接从阁楼上的窗户穿了过去!"

蝗虫爪子爬过的声音从屋顶和墙上传到他们的耳朵里,似乎他们已经被蝗虫包围了。房子的西边没有蝗虫,虽然那里也是厚厚的一层,但是它们是从屋顶上往西去的蝗虫,不会进到屋里来。劳拉和妈将地面上的蝗虫扫起来,朝西边的窗户倒出去。掉下去的蝗虫很快就加入了蝗虫群,继续向西移动。

蝗虫就这样走了三天,这三天时间,它们都在向西移动。草原上所有的蝗虫都在这支队伍里。

当队伍到达梅溪边的时候,蝗虫义无反顾地爬进去,很快就沉了下去。后面的蝗虫紧紧跟着,结果也沉了下去。蝗虫的尸体堆积如山,填满了整条梅溪,后面的蝗虫把同伴的尸体当作桥,通过了梅溪。

太阳依旧炙热地烤着屋顶。周围一整天都是蝗虫在屋顶上和墙上爬上爬下的声音。窗户紧闭,它们爬上光滑的玻璃,很快又都掉了下来,它们依旧坚持不懈。

劳拉想摆脱蝗虫发出的讨厌的声音,死死捂住耳朵,但没用。妈神色慌张,脸色惨白。爸双目无神,说不出任何话。

第四天了,蝗虫依旧在不知疲倦地移动着。太阳越来越大,越来越毒,也越来越刺眼。

"快看外面!卡洛琳,它们飞起来了!"屋外响起了

在梅溪边
On the Banks of Plum Creek

爸的声音,他刚去了牛棚。

劳拉和玛丽赶紧冲到门口,天空中到处都是蝗虫,地上的蝗虫正在往天上飞。没一会儿,整个天空就布满了蝗虫。

蝗虫飞得很高,也很厚,挡住了阳光,天空变得黯淡下来,和它们刚来时一模一样。

劳拉走到屋外,太阳被像雪花一样的蝗虫群挡住了,它们像是一片闪着光点的乌黑的云。越高处的就越亮,并且在一点一点上升。

它们一直向西边飘去,越来越远,直到消失不见。

除了一些断了腿或者折了翅膀的蝗虫依旧在往西边爬之外,其他蝗虫都飞走了。

一片平静,暴风雨过去之后的那种平静。

妈瘫倒在椅子上,嘴里一直叫着主啊,好像在感谢什么,又仿佛是在祈祷。

蝗虫走了,台阶安全了,劳拉和玛丽坐在了上面。

玛丽说:"真安静!"

"我很想知道蝗虫为什么突然就离开了,而且还往西边去,它们的家乡又在哪里?"倚靠在门上的爸说,他的表情很严肃。

可是没人能回答他的问题。

火 轮

蝗虫走后的日子过得很安详,也很平静。

被蝗虫啃食的草原也不再丑陋,已经长出了草。豚草、杂草和风滚草长得非常茂盛,像灌木丛一样。

虽然柳树和梅树也长出了叶子,但是它们今年是无法再结出果实了,因为早已过了长果子的时节。今年也没有小麦可以收获,但是在溪边的低处,野草却十分繁茂。马铃薯长出来了,捕鱼笼也有了鱼。

爸找尼尔森先生借来犁具,用山姆和戴维将长满杂草

在梅溪边
On the Banks of Plum Creek

的麦地耕耘了一遍。这次爸还在房子西边的小溪犁了一道沟，那是用来防火的。然后爸将萝卜种在了地里。

"以前的老人说，不管是什么样的气候，在七月二十五号之前萝卜必须播种下去。现在似乎已经晚了。不过，当初老人们说这些话的时候，肯定没想到会有蝗灾。卡洛琳，我想我们的萝卜会硕果累累的，到时候你们肯定搬不动。我不能和你们一起收获它们了。"爸说。

东部正在收获麦子，盖房子欠的债务还没有还清，爸得去那里干活还债，家里还需要白糖和盐等日用品。尼尔森先生答应爸走后，他会帮忙砍干草留作斑点、山姆和戴维的过冬饲料，但是需要分一些给他。

一天早晨，爸吹着口哨，腰上挂着之前去东部的那个背囊出发了。不过这次他的靴子是完好无损的。他不用再担心它会破掉，到时候他还得靠它走回家。

做完家务喂完牲畜后，劳拉和玛丽就开始学习，然后到了下午妈再检查她们的作业，每天都是如此。然后她们开始学着做针线活，直到接斑点的时间她们才停下。然后又开始做晚饭、洗碗。当一切结束以后她们就上床睡觉去啦。

尼尔森先生把干草堆在牛棚旁边，温暖的太阳一照，草堆就非常暖和。但是另外一侧却很冰冷，因为太阳无法

小木屋的故事
Little House Books

照到那边。风变得越来越冷，早上起来能看到霜了。

这天早上，劳拉照常赶着斑点去牛群时，碰到了正好遇上麻烦的约翰尼。约翰尼想把牛群赶往黄草比较多的西边，但牛群不听他的话，它们在原地转着圈，就是不愿意往那边去。劳拉便帮着约翰尼一起赶牛。

太阳从东方出来了，灰暗的天空变亮了。劳拉走到家时，看到了一片烟云飘在低垂的西边。劳拉皱起了眉毛，呼吸了一口气。她想起了在印第安保留区的那场大火。

她叫妈出来看那片烟云，妈从屋子里走了出来。

"距离还很远呢，估计等一会儿才能到我们这边。"妈说。

西风一直刮着，到中午的时候越来越猛烈了。她们站在门前，看着那边乌黑的烟云，它正在一步步接近。

"我想知道牛群在哪里。"妈说。

一道闪电在乌云下出现。

"牛群能安全到达小溪的话，我们就没有什么担忧的了。防火沟能阻挡蔓延过来的火。该吃饭了，快进屋吧，姑娘们！"妈说。

妈和卡莉走进了屋里，她们打算最后再看一眼远处的浓烟。玛丽指着有浓烟的地方，目瞪口呆。劳拉惊声尖叫："火轮！妈！有火轮！"

一个火轮在浓烟中嚣张地翻滚着，所有它经过的地方都被点燃了。火轮渐渐变得多了，全都朝这边过来了，速度似箭一样快。滚在最前面的火轮从防火沟跨了过来。

妈用打湿了的拖把扑着火轮，她扑灭了一个又一个，但是火轮却越来越多。她叫劳拉："快去屋里！"

劳拉抓着玛丽的手，目瞪口呆地看着外面的一切。卡莉被关在了房间里，正在哇哇大哭。

火轮越来越多，速度也变得快了起来。火轮是风滚草干枯之后，连在一起随风滚动着散播种子，而突然燃烧起来所形成的。它们滚动着，怒吼着，所过之处，烈火弥漫。

妈被浓烟包围住了，劳拉被熏得流出了眼泪。杰克紧紧靠在劳拉的腿边，它已经被吓得浑身打颤。

骑着马的尼尔森先生赶了过来，跳下马后他赶紧抓着干草叉跑了过来，他一边帮妈灭火一边冲劳拉和玛丽大声喊道："快去拿湿布！"

她们把麻布拿到溪边打湿，然后又迅速拿了回来。尼尔森先生把打湿的麻袋套在干草叉上，指挥姐妹俩又迅速地去帮妈打水。

草丘也被火轮占领了，很快就有万丈火焰升起。妈和尼尔森先生依旧在拼命地和邪恶的火轮战斗着。

"啊！干草堆！"劳拉尖叫道。火轮飞向了干草堆，妈和尼尔森先生向草堆的方向跑来。另外一个火轮越过地面飞到屋前，劳拉惊呆了，不知所措。她只知道卡莉还没有从屋里出来。她用湿麻袋拼命地扑火，火轮终于灭了。

没有火轮飞来了，干草堆的火也被妈和尼尔森先生扑灭了。烧焦的干草和小草被风卷起，在空中飞舞着，飞向了防火沟。

火是无法逾越防火沟的。火先是朝南边的小溪蔓延，又朝着北边的小溪蔓延，最后被溪水拦住了去路，渐渐熄灭了。

风吹散了浓烟，草原上的火也渐渐熄灭。尼尔森先生说他骑马过来的时候，看见了牛群在小溪的另一边悠闲地吃草，很安全。

妈激动地说："尼尔森先生，谢谢你，如果不是你，我和孩子真的没有办法把火扑灭。"

尼尔森先生告别之后，妈对姑娘们说："有一个好邻居真是件幸福的事情！孩子们，洗洗手，该吃饭了！"

写字板上的记号

火灾过去了,而天气越发干冷。妈说必须要在萝卜和马铃薯被冻伤之前把它们收回来。

妈挖出马铃薯,劳拉和玛丽就把它们放进地窖。天很冷,她们只有头巾,没有手套,鼻子都冻红了,手脚开始发麻。不过她们收获了许多马铃薯,因此依旧很开心。

做过家务以后,大家坐在火炉边闻着煮马铃薯和煎鱼的味道,心情十分舒畅。吃饭和睡觉是最让人感到幸福的事情。

天气阴沉的一天,她们一起去田里拔萝卜。拔萝卜比收马铃薯要累得多,因为萝卜扎根很深。劳拉费尽力气,有时候都跌坐到了地上,才能拔出萝卜。

萝卜上的叶子是要砍下来的,而汁液常常会弄在手上,风一吹她们的手就裂了。妈把蜂蜜和猪油混合起来做成油膏,等她们睡觉的时候就为她们涂上。

值得高兴的是,斑点和它的孩子们喜欢吃萝卜的叶子。地窖里的萝卜足够劳拉她们过冬了。她们可以吃萝卜泥、奶油萝卜和煮萝卜。晚餐时,餐桌上总有一道生萝卜片。生萝卜去掉皮,切成片,美味多汁,她们都很喜欢吃。

当她们把最后一根萝卜收入地窖的时候,妈说:"再也不怕霜冻了。"

当天晚上地面就被冻住了。清晨时分她们醒来的时候,地上已经有了很深的积雪。

玛丽想出了一个好主意,这个主意足以打发爸不在的时光。爸在信中说道,距离当地收割完成只剩下两周了。于是玛丽拿出写字板画了七个记号,代表七天,又在七天下面画了另外七个记号,代表下一个七天,加在一起就是两周。最后一个记号特地标出来,代表爸回家的日子。

她们把写字板拿给妈看的时候,妈说:"其实可以再画七个记号,因为爸是走路回来,要多花将近一个礼拜

在梅溪边
On the Banks of Plum Creek

的时间。"

就这样,玛丽又小心翼翼地画了七个记号。劳拉看有那么多记号,心里有种说不出来的滋味。每天晚上睡觉之前,其中一个记号就会被玛丽抹去。

劳拉想,每天只能划掉一个,还有那么多记号。

清晨非常寒冷,但空气很清新,积雪也渐渐融化了。梅溪在蔚蓝的天空下流动着,水面上浮着一些枯黄的落叶。

晚上大家坐在炉火旁,各做各的事情。妈在炉火旁缝缝补补,玛丽在看书,劳拉陪卡莉和杰克在地板上玩耍。

妈放下手上的顶针,说:"到睡觉的时间了!"玛丽又擦掉一个记号,然后把写字板放好。

擦去最后一个记号的那天晚上,大家都把目光投向玛丽,玛丽收着写字板:"爸在回家的路上了。"

杰克似乎听懂了玛丽的话,它突然从地上跃起,跑到门边用爪子拍打着门,一边摇晃着尾巴,一边在叫唤着什么。细心的劳拉听到了屋外的口哨声,吹的是歌曲《当乔尼骑着战马回来》。

劳拉大叫一声,打开门,冲了出去,嘴里大叫着:"爸回来了!"杰克也跳着跑到了她的前面。

爸一把拥住了劳拉:"我亲爱的姑娘,还有忠实的杰克!"玛丽和妈还有卡莉也出现在了门口。爸抱住卡莉:

小木屋的故事
Little House Books

"我的小家伙你还好吗？"说着又碰了碰玛丽的头发："还有我最大的姑娘。"爸望着妈："抱歉，卡洛琳，你看看我身上，我现在没办法给你一个亲吻了。"

大家都没了睡意，妈给爸做饭。劳拉和玛丽把所有事情都告诉了爸，包括火轮、萝卜、马铃薯，还有斑点和它的孩子，以及她们所学到的知识。

玛丽说："爸，现在应该不是你回来的时候啊，写字板上还有没有擦去的记号呢！"说着，玛丽就把画满记号的写字板拿了过来。

爸看了看写字板："收信也是需要时间的，孩子，你没有减去这个时间。而且我走得很匆忙，因为冬天的北风很冷。"然后又看着妈："卡洛琳，用我进城去买点什么东西吗？"

妈说家里除了剩下能吃几天的盐之外，其余的东西都还有很多。面粉、鱼、马铃薯、茶、白糖都还有很多，足够吃一段时间。

"我得准备好木柴再去城里。"爸对大家说，"外面的天气让人很反感，沿途走来，我听到有人说，暴风雪很快就要降临明尼苏达州了。还有人说，有的人进城之后就回不了家了，因为路都被雪堵住了，虽然他们的孩子烧掉了家里所有能烧的东西取暖，但最后还是被冻死了。"

看 家

爸很忙碌，他从梅溪边的梅树林和柳树林还有三角叶杨树上砍了很多木头回来，他把它们堆在家旁边，堆得很高很高。这些木头最后会被劈成两半，放在火炉里燃烧。那些被爸砍掉的树都没了树干，只有一些小树枝还挂在上面。

爸带上斧头、猎枪、捕捉器等一些工具，走到了梅溪的上游，他要在那里抓一些猎物，比如狐狸、麝香鼠、水貂和水獭什么的。

吃晚饭的时候，爸告诉姑娘们说他发现了一片有很多河狸的草地，但是没有捕捉它们，因为它们是频临灭绝的动物。他还说他朝一只狐狸开枪，结果没有成功猎杀它。

爸说："这个地方很不错，只是没有什么猎物，我已经很久未曾打猎了。这又让我想起了西部的其他地方——"

"查尔斯，那边没有学校，孩子们无法念书。"妈打断他。

"你说得很对。卡洛琳，听听外面，估计暴风雪很快就要降临了。"爸说。

暴风雪没有来，第二天依旧充满了阳光，比春天还要温暖。爸在上午出门了。

爸说："卡洛琳，咱们今天早点儿吃午饭吧，等会儿我们去一趟城里吧，走着去。今天天气很好，一直待在家感觉很浪费。要是冬天到了，我们得一直窝在家里，那会无聊死的。"

"可是卡莉怎么办呢？我们是无法带着她走那么远的路的。"妈担忧地说。

"完全不用担心，玛丽和劳拉能照顾她，一个下午的时间，她们能做得很好的。她们已经是大姑娘了！"爸有点儿气恼。

在梅溪边
On the Banks of Plum Creek

劳拉和玛丽保证道:"放心吧,妈,我们能做到的。"

妈穿戴好圣诞节的时候得到的衣服和头巾同爸一起出发了,从背影看,妈非常漂亮。她脚步平缓,像只鸟儿似的盯着爸看,似乎非常开心。

她们一直在后面看着,直到他们走远。

玛丽擦桌子洗碗碟,劳拉扫地擦碗碟,并将它们放到橱柜里摆好,她们还在桌子上铺了一张红色格子的桌布。做完家务后,剩下的时光,她们可以尽情地玩耍了。

她们开始玩上课的游戏,玛丽知识比劳拉多,扮演老师。虽然玛丽对扮演老师很开心,但是劳拉却不耐烦了,她不想玩这个游戏了。

"我们一起教卡莉认识拼音吧。"劳拉提议说。

她们将书本摆在桌子上教卡莉,但是卡莉不喜欢这个游戏,也不喜欢拼音。她们只得停止这个游戏。

"那咱们玩看家的游戏怎么样。"劳拉又说。

"现在就是在看家,还玩这个游戏就不好玩了。"玛丽反驳道。

妈走了,房子里变得又空又静,她是那种特别文静淑娴的人,平常很少大声说过话。而现在,屋子里所有的一切,似乎都想听她说话。

劳拉想出去玩,但没多久就回来了。整个下午冗长无

聊，找不到打发时间的事情做。杰克也开始不耐烦，在她们身边走来走去。

杰克想出去走走，但是劳拉打开门它又不想走了，趴在门口。然后站起来，又开始走来走去。突然，它跑到劳拉身旁，抬头看着她，似乎有很着急的事情。

劳拉看着一脸严肃的杰克，问它出什么事了。它似乎马上就要吼叫起来了。

劳拉准备阻止杰克："我被你吓到了，杰克，快停下！"

玛丽问是不是外面有什么东西。劳拉想出去看看，但是杰克咬住她的裙子，不让她出去。外面似乎除了刺骨的寒风，什么也没有。

劳拉把门关上了："外面很黑，是不是蝗虫回来了？"

"傻瓜，冬天的时候蝗虫不会回来，可能是要下雨了吧！"玛丽说。

"我不是傻瓜！冬天是不会下雨的。"劳拉反驳着。

"不下雨总会下雪吧？下雪和下雨有什么区别呢？"玛丽生气了。

眼看两个姑娘就要吵架了，窗外的阳光突然消失了，她们赶紧跑到窗户边去看。

西北的天空有一片乌云，乌云的上方犹如有着白色羊毛的底边，不断上下翻滚着，汹涌澎湃。她们望着外面，

在梅溪边
On the Banks of Plum Creek

现在理应是爸妈回家的时候,可是为什么草原上就看不到他们的身影呢?

玛丽说可能是暴风雨。劳拉说:"像爸之前讲过的那样。"

她们想起了爸说的那些被冻死的孩子,两人相互看了看。

"木柴箱里已经没木柴了!"劳拉准备出去。玛丽赶紧制止她:"别去外面!妈告诉过我们,如果暴风雪来了,我们只能待在家里!"

劳拉甩掉玛丽的手。玛丽继续说:"除了我,杰克也不会让你出去!"

"快去把木柴搬进来,趁暴风雪还没有到来!"劳拉催促着。

风里有可怕的尖叫声,似乎是从很遥远的地方传来的。她们戴上手套和头巾,准备去搬木柴。

劳拉比玛丽先穿戴好,劳拉对杰克说这是去搬木柴,杰克听懂了她的意思,紧紧跟着她。迎着刺骨的冷风,劳拉抱着一捆柴跑向了屋子。她无法打开门,在屋里还没出来的玛丽把门打开了。

刺骨的寒风在不断地刮着,乌云正在向这边冲来。在暴风雪到来之前,她们必须得把木柴全部转移到屋里去。

要是她们双手都抱满木柴的话,将无法打开门,如果一直开着门,寒风会刮进屋子。

"我来开门。"卡莉突然说。玛丽觉得她做不到。

卡莉说她可以的。然后她转动着门把,门便开了。卡莉能开门了,她已经不再是那个"小卡莉"了。

劳拉和玛丽拼命地往屋子里抱木柴,当她们临近时,卡莉为姐姐们打开门,当她们出去时,卡莉又把门关上。玛丽抱的木柴比劳拉多,但是速度没劳拉快。

木柴箱装满柴之后,雪还没有下下来呢。

暴风雪在毫无征兆的情况下降临了。先是下起了又小又硬的雪。劳拉的脸被这种雪打得刺痛。卡莉打开门,这些像河沙一样坚硬的雪很快就飞进了屋子。

劳拉和玛丽脑子一片空白,妈的交代已经完全放到了脑后,她们现在唯一想的就是把木柴全部搬到屋里去。她们双手抱满木柴,来来回回不停地往返于柴堆和屋里。

木柴箱的周边、炉子的周边、墙角等地方都堆满了她们抱进来的木柴。

砰的一声,她们打开门朝柴堆跑去。踏踏——踏踏——踏踏,她们抱满木柴跑了回来。门吱呀一声,开了。她们把门带上。砰砰几声,她们将手上的木柴放在地上,然后又迅速转身跑向柴堆,然后又返回来。这一系列

在梅溪边
On the Banks of Plum Creek

动作一直在重复着。

雪花漫天乱舞,她们看不清柴堆,也分不清屋子和杰克,因为雪已经飘到了她们的眼睛里。雪不断地打着她们的身体,劳拉浑身酸痛,喘着粗气,她心里一直在想着爸妈,想知道他们究竟在哪儿。耳边依旧是呼啸的寒风,心里一直有个声音在催促着劳拉:"抓紧时间!抓紧时间!"

外面的木柴终于只剩下了几根,她们一人拿着一些朝门跑去。门开了,杰克率先跳进去。站在窗户的卡莉拍着手尖叫着,放下木柴的劳拉一转身,就看到了正在朝屋里跑来的爸和妈。

暴风雪漫天飞舞,爸牵着妈的手,他们冲了进来,然后迅速关上门。他们喘着粗气,身上的雪都没来得及抖掉。当爸妈看着一脸疲惫、头巾上沾满雪的玛丽和劳拉时,一脸平静,都不知道说什么了。

"我们去暴风雪里了,我们把你的话忘记了,妈。"玛丽的声音很小。

"我们不想被冻死,也不想把所有的家具都烧了。"劳拉把头低了下去。

"你们真是我的好宝贝,那些柴足够烧好几周,还好你们都弄进来了。"爸开心地说。

屋里堆满了好几摞高高的柴堆,柴堆上的雪已经融化

了，变成了水流到地上。从柴堆到门之间的那一段距离变得湿漉漉的。

爸妈慈祥地看着她们，她们也知道爸妈已经原谅了她们没有听话的过错。这是因为她们把外面的柴都搬到了屋里。

她们有时候会觉得，自己已经成了大人，能做一些决定，不会再犯错了，也不需要听爸妈的话行事了。

妈的头巾和帽子被她们拿了过来，她们拍去上面的雪，并把它们挂了起来。

趁着风雪并不是太大，爸赶紧去牛棚喂斑点、山姆和戴维。妈歇了会儿，然后叫她们收拾地上融化掉的雪，还有那堆放乱了的木柴。

屋子又变得干净清爽起来，炉子上的茶壶正在唱歌，茶要开了。亮丽的火焰从通风口迸发了出来。窗户依旧被坚硬的雪粒肆无忌惮地拍打着。

"只剩下了这么一些牛奶，这场暴风雪非常可怕，吹干了牛奶。外面的视线很差，四周都是狂风。我都已经走到了草丘上，可是居然看不到房子在哪儿。而且，我还差点儿撞到墙。要是我稍微再往左走一点点，估计我现在就已经去见上帝了。"爸从外面走了进来。

妈叫住爸："查尔斯！"

在梅溪边
On the Banks of Plum Creek

爸说道:"不过现在什么都不用怕了,要是我们不跑快一些的话,暴风雪就会跑在我们的前面。"爸停顿了一下,他摸了摸劳拉的耳朵和玛丽的头发,继续说,"你们把木柴都搬了进来,对于这一点,我很开心。"

草原上的冬天

暴风雪在第二天就盖住了整个草原,窗户上也蒙上了厚厚的一层雪,已经无法通过窗户去看外面的世界,因为它已经变得和雪一样白。

屋外一直环绕着风雪吼叫的声音。

爸从单坡屋顶那里出去,他刚一打开门,挂在门上的积雪就飘了进来。外面银装素裹,他从白色的墙上拿下一捆绳子,准备去牛棚。

爸说:"我把绳子系在晾晒衣服的那一头,希望有了

在梅溪边
On the Banks of Plum Creek

它回来的时候我能看到路。现在,通过它我应该可以到牛棚那儿。"

她们害怕担心了很久,爸回来了她们心里的石头才落地。

桶里的牛奶只剩下了一点儿,爸被冻得说不出来话,直到在火炉那里烤了很久的火才稍好一点儿。

爸顺着绳子朝牛棚的方向走去,到了晾衣桩他将绳子的一头系在柱子上,然后一边放着绳子一边往前走去。他看不到任何东西,直到撞到了牛棚的墙才找到牛棚的位置。然后,他把绳子的另一头拴在牛棚那儿。喂完草以后,爸又顺着绳子回到了家。

暴风雪没有停止的迹象,窗外的寒风一直吼叫。在舒适温暖的屋子里,劳拉和玛丽在看书,爸在拉小提琴,妈坐在摇椅上织着什么东西。在炉子上炖的豆子汤很快就要熟了。

暴风雪到第二天依旧没有减弱的意思。他们围在炉子边坐着,爸给她们拉小提琴,还给她们讲故事听。

暴风雪的势头终于在第三天减弱了,通过窗户,劳拉看到了太阳,还有在地上飞转的雪花。草原就像梅溪涨水的时候那样,冒出了很多白色的泡泡。不同的是,现在是雪,不是洪水。风还是那么刺骨,似乎阳光也变

得寒冷了起来。

爸觉得暴风雪应该在明天就会停止,如果可以的话,那时候他会去一趟城里,贮备一些食物。

第四天,暴风雪停止了,地上有一层厚厚的积雪,风从上面刮过,带起了一些类似烟雾的东西。爸去了城里,很快就回来了。他买了足够他们吃很长一段时间的食物,有豆子、面粉、玉米粉,还有白糖。

爸觉得目前住的地方吃肉不太方便,有些奇怪:"这真是一件奇怪的事情,住在威斯康星州的时候,我们总有吃不完的鹿肉和熊肉。在印第安保留区的时候,鹿肉、野兔肉、羚羊肉、鹅肉和火鸡我们想吃多少就吃多少。可是,在这里,我们只能吃到棉尾兔肉,而且还很少。"

"我们可以养一些家禽,再种些谷物类的东西,就能把它们养得肥肥胖胖的。"妈说。

爸点头,表示明年就能重新种上小麦了。

暴风雪在第五天的时候又来了,和之前一样,最开始的时候乌云出现在西边,挡住了阳光和天空。然后开始刮风,没一会儿雪就下起来了。接着,外面就变成了一片白茫茫的,视线会受到很大的干扰,看到的东西总是模糊的。

爸通过绳子往返牛棚和家里。妈缝补着东西,做着家

在梅溪边
On the Banks of Plum Creek

务,还给劳拉和玛丽辅导着作业。劳拉和玛丽洗餐具,负责床铺和地上的整洁。做完家务以后,她们梳洗一番,看会儿书,教卡莉认识字母,还在写字板上练习写字和画画。然后,和卡莉还有杰克一起玩耍。

她们都在缝被子,玛丽是九格布的,劳拉是熊掌印的。劳拉的比玛丽的要难缝一些,因为斜纹比较多。必须将每条斜纹都缝补正确了,妈才会允许她接着缝。一般缝好一条斜纹,劳拉都需要用上好几天的时间。因此,她们天天都很忙。

暴风雪一直持续了好几天,一场刚刚停止,太阳出来后仅仅不到一天时间,另一场暴风雪就又来了。风雪停止的时候,爸会争分夺秒地干活,劈木柴,设置陷阱抓猎物,收拾干草。只要是晴天,哪怕不是周一,妈也会洗衣服,然后将洗好的衣服挂在绳子上晾干。不下雪的时候,劳拉和玛丽可以暂时放下功课到外面去玩,只是她们身上要裹得像粽子一样厚。

次日,新的一场暴风雪袭来,不过他们已经做好了迎接它的对策。

如果出太阳的那天恰好是周日,他们就能听见教堂传来的洪亮的钟声。那时,他们都会很认真地站到门外静听着。暴风雪令人常常避之不及,人们通常不知道下一秒会

243

降临什么,因此,他们无法去教堂。不过,每周日他们都会在家里自己组织上主日课。

劳拉和玛丽读圣经诗。妈读《圣经》中的故事和赞美诗给她们听,爸用小提琴给妈伴奏。在爸的琴声下,他们一起唱起了歌:

> 当密布的乌云遮住天空
> 地上一片黑暗时,
> 希望的光明照亮了我前行的路,
> 那是耶稣在引导着我。

每个周日,她们都会跟着爸一起唱:

> 安息日学校在我心里
> 胜过了所有华丽的殿堂,
> 我心里非常高兴,
> 我亲爱的安息日故乡。

漫长的暴风雪

暴风雪在这一天吃晚饭的时候就停止了。

"我明天要去城里买一些烟丝,然后打听一些事情。卡洛琳,你需要买什么吗?"

"查尔斯,我不需要什么。我觉得你还是不要去了,暴风雪不知道什么时候又会来。"妈说。

"不会的,卡洛琳,这场暴风雪只下了三天时间,那些木柴足够用到下一场暴风雪停止。我可以趁着这段时间去城里。"爸说。

"好吧,查尔斯,就按照你说的办吧。但是你得答应我,如果暴风雪来了,你必须要待在城里。"妈说。

"现在的暴风雪太大了,如果没有安全绳,我是不敢轻举妄动的。"爸问妈,"其实你有些过度担心了,我以前到处跑你不是都未曾担忧过吗?卡洛琳。"

"我也不知道是什么情况,我有预感,你这次去城里肯定会出事——虽然这样显得很蠢。"妈说。

"那我现在就把木柴搬到屋里去吧,我怕我真的会在城里待上好几天。"爸微笑着说。

爸把木柴都放到屋里,把木柴箱和它的周围都堆满了。妈叫爸再穿一双厚袜子。劳拉拿来脱靴器,爸脱下了靴子,然后把第二双袜子穿到了脚上。

第二双袜子是羊毛的,妈刚编织好。

"你现在的大衣太薄太旧了,你需要一件新的牛皮大衣。"妈说。

"我还觉得你应该有颗钻石才合适呢,卡洛琳,春天就要来了,不要胡思乱想了。"爸安慰妈。

爸穿好大衣,一边系腰带一边戴帽子。他一直看着她们微笑。

"查尔斯,你把帽檐扣下吧,外面的寒风刺骨,太冷了。"妈叮嘱说。

在梅溪边
On the Banks of Plum Creek

"不扣了,让风刮吧。你们三个都要好好听妈的话啊,我很快就回来。"爸随手关门的时候,很慈祥地看了劳拉一眼。

做完每天都要做的日常家务之后,劳拉和玛丽又开始学习了。劳拉很想抬起头看看房间里的摆设,因为她觉得屋子变漂亮了好多。

一壶豆子在擦得闪亮的炉子上慢慢地沸腾着,烤箱里摆着面包。阳光从窗户和窗帘里照了进来。桌子上的桌布带着红色格子的花纹。卡莉从教堂里得到的那只带着黄色斑点的玩具狗放在时钟旁,挨着玩具狗的是劳拉的首饰盒,那也是从教堂里得到的。那个一直微笑着的粉白色的陶瓷小牧羊女立在棕色的垫子上。

妈坐在窗边的摇椅上缝补着什么,卡莉爬上脚凳之后,妈就开始一边摇摇椅一边缝补。卡莉突然念了起来:大写的A和B,小写的a和b。接着卡莉又看着书里面的一些插画笑了起来,并念着。卡莉对学习的环境没有什么要求,因为她还太小。

中午的时候,时钟响了起来。劳拉看着摇晃的钟摆、黑色的指针、白色的钟面,在心里想:现在应该是爸回来的时候啊。豆子和面包都已经做好了,就差爸了。

劳拉看着窗外,突然她叫了起来:"妈!太阳好像变颜

小木屋的故事
Little House Books

色了!"

妈望向了窗外,吓得马上跑进了卧室,通过卧室的窗户看着西北边的天空。接着她又迅速回来了。

妈对她们说:"姑娘们,快放下手中的作业,咱们得多弄一些木柴进来。要是爸现在还在城里,那他将有很长一段时间都得待在那儿,我们需要很多很多木柴。"

西北边的乌云正在朝这边滚来,她们要设法多抱一些木柴进来。可是,她们只跑了一趟,暴风雪就降临了,它似乎震怒不已。当她们准备去抱第二趟的时候,鹅毛般的大雪就铺到了地上,盖住了路和阶梯。

"这些木柴已经够了,暴风雪不会再变大了,没准,爸等会儿就到家了。"妈说。

她们脱下打湿了的外衣,烘烤着早已冻僵了的手,继续等着爸。

房子周围狂风大作,雪落在窗户上,发出啪啪啪的响声。时钟上黑色的指针正在不徐不疾地走动着,短一些的指针指着一点,很快又指着二点。

妈弄了三碗豆子,还有一块面包。"我们还是先吃饭吧,姑娘们,不用担心,爸现在肯定是在城里。"妈说。

妈把自己给忘记了,只盛了三碗饭,玛丽提醒她她才想起给自己盛一碗。但是她没有吃,她说自己并不饿。

在梅溪边
On the Banks of Plum Creek

暴风雪越来越大,似乎要把整栋房子吹起来。虽然爸已经将房子建得很密实,但是冷风还是从缝隙中钻了进来,屋里到处都是寒冷的空气。

"爸一定留在了城里,看样子他得在那儿过夜了,我该去给斑点它们喂草料了。"妈说着就穿上了爸专门去牛棚时才会穿的那双靴子,那双靴子是高筒的,很破,还很旧。

这双靴子对妈来说有些大,穿在脚上很滑,不过它能很好地抵御地上的积雪。妈还穿上了爸的工作服,绑好腰带系好领口,戴上帽子和手套她就出去了。

劳拉问妈,是否能和她一起去。

妈拒绝了她,并对她们严肃地说道:"我不在家,只有玛丽能动炉子,你们谁都不许去炉子附近玩。我没回来,不许打开门,也不能去外面。一切都等我回来再说。"

妈提着装牛奶的桶,迎着屋外的大雪去了晾衣绳那边,关上了后门。

劳拉冲到窗户前,可是窗户已经被雪盖住了,除了雪她什么都看不到。外面的狂风中,似乎还有一些别的什么响声。

妈肯定和爸一样,她得抓住晾衣服的绳子慢慢地一步步往前走,经过柱子后继续往前走。她走在白茫茫的雪地

里，肆虐的暴雪疯狂地拍打着她。劳拉在脑海里想着妈在外面经历的场景：按时间推算，她可能已经到了牛棚的门口，并很可能撞到了门上。

妈打开牛棚的门，身后的雪飘了进来，她赶紧转身关了门。牛棚里有斑点它们的热量，应该不会太冷。外面暴雪大作，牛棚里的墙很厚实，显得非常宁静。山姆和戴维向妈发出了"哞——哞"的叫声，斑点和它的孩子们也发出了哞——哞的声音。母鸡们正在满地找吃的，一只老母鸡发出了咯咯的叫声。

妈将牛槽和粪堆上的干草都清理掉了，再把干净的干草铺在牛槽的下面作为垫草来用。妈把四个牛槽都叉满了干净的干草。山姆和戴维，以及斑点和它的孩子们都在安静地吃着可口的干草。由于爸去城里之前，给它们喂过水，所以它们都不是很渴，

妈用刀将萝卜切成片，给每个牛槽里都放了一些。那把刀搁在萝卜堆旁，是爸之前放在那里的。牲畜们正在吃着爽口的萝卜，妈又去看母鸡盆子里的水。妈丢给了母鸡们一个萝卜和一根玉米，让它们自己啄着吃。

最后，她就开始给斑点挤牛奶了。

劳拉一直等着，这段时间她非常焦急，生怕妈会出事。直到她认为妈挤完了牛奶，关好牛棚，顺着晾衣绳往

在梅溪边
On the Banks of Plum Creek

家里走来心才平静。可是等了很久,妈还是没有回来。她决定继续等。

房子开始摇晃,雪粒飞进了屋里,慢慢堆砌着,没有融化。

劳拉戴上了头巾,可是浑身依旧在打着颤,她想起了爸之前和她说的,那些烧完了家里所有的家具依旧被冻死的孩子。一想到这个,劳拉就愈加无法安定下来了。

整个屋子,只有炉子那里比较暖和。劳拉把摇椅拖到炉子边,把卡莉放在上面。卡莉很开心地摇晃着摇椅玩耍,劳拉和玛丽依旧在等着妈,非常焦急。

后门终于开了。

劳拉冲过去接过妈身上的工作服,玛丽接过了牛奶桶。妈冷得只知道喘气,她根本就说不出话了。

"剩下的牛奶还有多少?"妈问。

牛奶桶的底部还剩下一丁点儿牛奶,旁边的那些都被冻住了。妈一边在火上烤着手,一边说外面的风雪实在是太大了。她点燃了一盏煤油灯,把它放在了窗台上。

玛丽很好奇妈把煤油灯放在窗台上的这个行为,妈解释说:"光照射着窗外的雪,是不是特别美丽呢?"

她们今晚的晚餐是牛奶和面包。

吃完以后,她们坐在炉子边一边烤火一边聆听着屋外

小木屋的故事
Little House Books

的动静。她们听到了风怒吼的声音，屋子嘎嘎吱吱的声音，似乎房子马上就要倒了，还有雪簌簌落在地上的声音。

"我们来玩'热燕麦粥'的游戏怎么样？玛丽和劳拉一组，我和卡莉一组。卡莉你快抓住我的手，我们的速度肯定比她们要快。"妈说。

她们很开心地玩起了"热燕麦粥"的游戏，边念词边拍手，速度也变得越来越快，最后押韵词都不够用了。游戏结束以后，劳拉和玛丽去洗餐具，妈坐在摇椅里织着什么东西。

卡莉玩"热燕麦粥"游戏上瘾了，想继续玩，玛丽和劳拉只能分别陪她玩。一次结束以后，卡莉意犹未尽，叫嚷着说还要玩。

屋外的暴风雪依旧在肆虐着，吼叫着，房子也依然在颤动着。劳拉和卡莉正在玩"热燕麦粥"的游戏，劳拉拍着卡莉的手，嘴里念念有词：

有人喜欢喝热的，有人喜欢喝凉的，
有人想把它放在罐子里喝，九天——

炉子里发出了奇怪的响声，劳拉看了一下，然后大叫道："房子燃起来了！妈！"

252

在梅溪边
On the Banks of Plum Creek

一个比妈的毛线球还要大的火球从炉子里滚了出来，直接掉到了地上。妈跳着脚，提着裙子想踩灭这个火球。结果火球直接从她的脚上滚到了那一堆针织物上，那是她刚才跳起来的时候掉在地上的。

还好，这个火球没有把那堆针织物燃烧起来，它滚到的那一端没有线。然而糟糕的是，又有两个火球滚了出来，还好，它们也没有滚到针织物上，没有引起火灾。

妈惊叫了起来："我的天啊！"

她们胆怯地看着火球。突然，一个火球熄灭了，只剩下了两个，最后全都熄灭了。谁都不知道火球是怎么滚下来的，她们还是第一次遇到这样的事情。

妈露出了惊恐的表情。杰克汗毛直立，它到门边用鼻子闻了闻，然后狂吠了起来。

玛丽坐在椅子上，紧紧缩成一团。

"杰克！别叫了，快停下！"妈已经很害怕了，她用手捂住耳朵。

劳拉走过去想抱住杰克，但是杰克拒绝了劳拉，它走到自己睡觉的地方，卧在那儿，鼻子贴在前肢上，浑身汗毛依旧立着，双眼在黑暗中闪着可怕的亮光。

劳拉、玛丽、妈、卡莉都跑到摇椅里去坐着，紧紧缩在一起。暴风雪的声音依旧在屋外暴躁地吼叫着，她们想

起了杰克的眼睛。

妈说:"姑娘们,去睡觉吧!睡得越快,第二天就来得越早。"

妈吻了她们一下,她们就开始往阁楼上爬。劳拉停在楼梯上问正在哄卡莉睡觉的妈:"爸在城里,对吗,妈?"

妈提了提精神,并没有抬头,她回答劳拉:"这是当然的啦,这有什么值得怀疑的吗?爸现在正坐在菲奇先生家的火炉边,和他一起聊天呢!"

劳拉安心地睡着了。

半夜,劳拉从梦中醒来。她注意到了阁楼地板上的光,就下床,跪在那个洞边朝下面望去。

妈坐在摇椅里,睁着眼睛,双手抱着膝盖,动都没动一下。煤油灯依旧放在窗台上,闪着亮光。

劳拉就那么一直看着妈,妈却始终没有动,窗上的灯也一样,就那么亮着。

这个孤独的房子里的所有人都被吓住了,而在房子外面,暴风雪依旧在吼叫着,似乎永不停歇,好像在追着什么猎物。

劳拉被冻得发抖,她只好重新盖上被子,回到梦乡里。

做游戏的时光

很晚了劳拉还没有起来,妈去叫她起床吃饭。暴风雪依旧在肆虐着,而且比以往更猛烈。

窗户上、地上、床上都有白霜。劳拉冷得受不了,拿着衣服就下了楼,到了火炉边才开始穿衣服。

玛丽早就穿好了衣服,现在正在帮卡莉穿衣服。牛奶、玉米糊、面包和黄油等食物已经摆到了桌子上。虽然是白天,但是屋子里的光线依旧很黯淡,因为窗户都被白霜盖住了。

小木屋的故事
Little House Books

"该去牛棚喂斑点它们了。"虽然就在炉子边,但是妈还是冷得不得了。

妈穿上昨天穿的工作服和靴子,还戴上了头巾。出发之前她告诉她们,这次要去给斑点和山姆还有戴维喂水,回来得可能要晚一些。

妈走后,屋里又变得冷清,玛丽感到很害怕。劳拉坐立不安,她们都受不了这样的窒息的寂静,她对玛丽说:"咱们有事儿做了。"

劳拉和玛丽洗餐具,整理床,擦拭着炉子。烤了一会儿火后,她们又开始分工干活,劳拉打扫屋子,玛丽则负责清理木柴堆。

做完这些后,妈还没回来,劳拉又继续干活。她把窗台、板凳、妈经常坐的摇椅,以及摆放时钟的架子上的小斑点狗、金色茶壶、首饰盒每个角落都擦得干干净净。架子很高,劳拉够不着,擦上面的东西时,她是踩在凳子上的。劳拉擦了很多东西,唯独没有擦陶瓷牧羊女,因为那是爸送妈的礼物,没有妈的允许,谁也不能动。

劳拉在做这一切的时候,玛丽在给卡莉梳头发,然后将桌子铺上红格子布,接着又把书本和写字板拿了出来。

门开了,风雪飘了进来。妈终于回来了。

妈从井里打水给斑点它们喝,那些水被风吹了起来,

在梅溪边
On the Banks of Plum Creek

直接溅到妈的身上。她身上的裙子和头巾都被冻住了，上面有很多冰块。斑点它们喝到的水很少。不过这次，铁桶里的牛奶，在妈头巾的掩盖下，一滴也没有流出来。只是头巾上结了很多冰。

歇息好了后，妈说她要去把外面的木柴都搬进来。玛丽和劳拉也想一起帮忙，但是妈拒绝了她们的提议："你们不能出去，暴风雪太大，你们身子太小，会被吹走的。我一个人去就行了，你们负责开门即可。"

木柴箱和周围都堆满了木柴，她们很听话，负责给妈开门。把木柴放进屋后，妈坐下来歇息，她们则开始清理从木柴上流下来的融化了的雪水。

妈看了一眼被她们收拾得干干净净的屋子，夸奖她们是很懂事的孩子，她又说："学习时间到了。"然后她们就把书本拿了出来。

屋外暴风雪的怒吼和嘶叫声打扰到了劳拉，书上的东西她一点儿也看不进去。劳拉强迫自己不去想爸。窗户上依旧是厚厚的积雪。一滴泪水掉在了劳拉的书上，字迹开始变得模糊，劳拉看不清了。

如果劳拉现在流眼泪，也会觉得很难为情的，因为她已经八岁了。劳拉转身看了看屋子，确定玛丽没有注意到她。

玛丽面色紧张，眼睛死死地盯着书本，嘴巴打着颤。

"我觉得现在应该不是做功课的时候。咱们来玩游戏吧，嗯……先玩'抢墙角的小猫'好吗？"妈说。

她们拍着手，同意了妈的提议。

屋子本来有四个角，玛丽、劳拉、卡莉各站了一个，还有一个放着炉子。妈站在屋子中间，一脸可怜地说："小猫好可怜，它也想要一个墙角。"

姑娘们从各自的角落里跑了出来，想去占领另外的墙角。这个游戏太有趣了，连杰克都激动得跳了起来。

玛丽的墙角被妈占领了，这下玛丽就变成了没有墙角的小猫。杰克不小心把劳拉绊倒了，劳拉就成了没有墙角的小猫。小卡莉最开始的时候不会玩，总是跑错，但一会儿她就知道怎么玩了。

玩了很久，也笑了很久，她们终于玩累了，就坐下来休息。妈叫她们把写字板给她，她想给她们讲故事。

劳拉把写字板递给妈："讲故事还需要写字板吗？"

妈说："你等会儿就明白了。"于是，她就讲起了故事：

在森林里面，有一个池塘，是这样的，

池塘里有很多鱼，就像这样，

在池塘的下面，有两个自耕农住在那儿，他

在梅溪边
On the Banks of Plum Creek

们都住在帐篷里面，因为：

他们自己的房子还没有建。

他们经常一起去钓鱼，没多久，

他们就踩出了一条小路，很弯曲的那种小路。

池塘的不远处，有一位住在小房子的老爷爷，

和一位老奶奶，

小房子有扇窗户；

老奶奶在池塘里打了一桶水，

池塘里的鱼从池塘里飞了出来，

就像这样。

老奶奶很迅速地跑回了小房子，

她对老爷爷说，"鱼都从池塘里飞出来了！"

老爷爷的脖子很长，他把脖子伸到了房子外面，

想看看到底出了什么状况，

他说："哼！这是蝌蚪，不是鱼！"

卡莉大叫一声："是鸟！"然后笑了起来，她肚子都笑痛了，笑得差点儿滚到了地上。玛丽和劳拉也笑了起来，她们央求妈再给她们讲一个。

妈答应了她们，然后接着讲："房子是杰克建造的，他想得到两块钱。"

妈把故事全画在了写字板上，然后叫玛丽和劳拉看着

小木屋的故事
Little House Books

这些图画讲故事,她们随便想看多久都成。

妈问玛丽是否可以看着图画把这个故事讲出来。玛丽自信地点了点头。

写字板被妈擦干净了,她叫玛丽把讲的故事全写在上面,然后她又对劳拉和卡莉说:"我将给你们一个你们从未玩过的东西。"

劳拉得到了妈的顶针,卡莉得到了玛丽的顶针,这是妈分配的。然后,她们用这些顶针在白雪覆盖住的窗户上画画。

劳拉画了圣诞树、小鸟、小木屋、男不倒翁、女不倒翁。卡莉画了很多圆圈,她现在只会画这个。

劳拉画满整个窗户后,玛丽也画满了写字板。

在昏暗的房间里,妈微笑着看着她们。

"我们忙了这么久,都到吃晚饭的时间了,大家快来吃饭吧!"妈叫她们。

劳拉问妈要不要去牛棚。

妈说她喂了很多,喂的时间也比较晚,到了明天再喂也没有问题。"可能明天暴风雪就会慢慢变弱了。"妈说。

劳拉和玛丽突然很害怕,卡莉也哇哇大哭了起来。她们想到了爸。

"不用害怕!也不要担心!"妈点燃了煤油灯,异常镇定地说:"快过来吃饭吧,吃完了早点儿去休息!"

暴风雪的第三天

房子摇动了整整一晚,她们醒来之后,发现暴风雪又比昨天更猛烈了。恐怖的风声一直徘徊在屋子四周,冰和雪肆无忌惮地砸打着屋子和窗户。

"姑娘们,早饭要多吃点儿,时刻看着炉子里的火。"妈说完就走进了暴风雪里。她又要去牛棚了。

妈这次去的时间很长,很久才回来。

又开始了新的一天。

这一天异常漫长和昏暗,她们缩在炉子边烤火,身后

全是冰冷的寒风。

　　妈疲惫不堪，不再说笑。劳拉和玛丽努力看书，可是她们搞不懂书上都在说一些什么。卡莉坐立不安。时钟的速度变得异常缓慢，似乎今天就没有走过。

　　白天终于结束了，夜晚来了。窗上和墙上全是灯影。往日，爸会在这个时候拉小提琴。那时候，她们非常高兴。

　　妈催促着她们，叫她们赶紧起来："咱们今天玩翻线游戏好吗？"劳拉和玛丽互看了一眼，然后说："我们不想玩了，我们想去床上。"

　　杰克一晚上都没吃东西，它窝在墙角，不停地叹着气，异常悲伤。

　　被子里很冰冷，她们缩在一起，相互靠着背。窗外依旧是暴风雪的嘶叫声，屋顶和窗户依旧被雪毫不留情地拍打着。

　　劳拉缩进了被子，暴风雪的声音依旧不绝于耳，这个声音可真比野兽的声音还要可怕。

　　劳拉流出了眼泪。

第 四 天

她们醒来的时候,外面一直吼叫的风声变成了低鸣,房子也停止了晃动。只是,炉子里的火,让人感觉不到丝毫温暖。

"今天比往日还要冷,别干活了,带着卡莉坐到炉子边去吧!"妈对姑娘们说。

妈又去了牛棚,回来之后,劳拉发现朝东边的那扇窗户有淡黄色的东西。她走过去,哈了一口气,将窗户上覆盖着的白雪抓了一小块,窗户上就出现了一个很小的洞。

透过这个小洞,劳拉看到了太阳。妈也走了过去。

地面上有很多飞舞着的雪花,劳拉和玛丽轮流从小洞那儿看外面。

天空像一块被冻住的冰,雪花一片片往地上掉,有一种令人无法形容的冰冷感觉。照射到窗户上的阳光也没有丝毫暖意。

通过窗户上的小洞,劳拉看到了一只在风雪里艰难前行的"动物",那只"动物"毛茸茸的,看起来很大。劳拉觉得它可能是一只熊。它从墙角那走了过来,挡住了小洞照射进屋子的亮光。

劳拉大叫了一声妈。门开了,那只"动物"走了进来。是爸。

"姑娘们,这几天,我不在家,你们乖乖听话了吗?"爸说。

妈朝爸跑去。玛丽、劳拉、卡莉也紧随其后。她们高兴得差点儿哭出来。

爸的衣服上沾满了雪花,妈帮他脱衣服的时候那些雪花慢慢地往下掉着。爸把衣服丢在了地上。妈说:"你马上就要变成冰了!查尔斯。"

爸说:"还没呢,我现在很冷,想烤烤火。卡洛琳,有吃的东西吗?"

在梅溪边
On the Banks of Plum Creek

爸的眼睛很大,脸很削瘦,即使火炉就在面前,他依旧抖个不停。妈把一碗热乎乎的豆子肉汤递到了他的手上。

爸说:"不冷了,暖和多了。卡洛琳,我没有被冻伤,我只是稍微冷到了而已。"

爸的靴子被妈脱了下来,他在火炉上烤着脚。妈笑着问爸,她的声音有些颤抖:"你在外面的这几天——"

爸打断了她的话:"已经没事了,我必须得照顾你们,卡洛琳。"爸把卡莉放在腿上,两只手分别抱着劳拉和玛丽。他问玛丽当时是怎么想的。玛丽说他知道爸会回来。

爸夸了一下玛丽,然后又问劳拉:"你怎么想的呢?劳拉?"

"我一直在祈祷,我还知道你没有和菲奇先生在一起,你们也没有讲故事。"劳拉说。

"卡洛琳,你看,一个当父亲的人怎么可能不回家!"爸说,"我给你们讲讲我这几天的遭遇吧,但是你现在得再给我一些汤。"

爸坐在桌子旁吃面包,喝汤,喝热茶。她们就站在旁边一直看着他。

爸头发和胡须上的雪化了,变成了水。妈赶紧用毛

巾帮爸擦干。爸拉着妈的手,让她坐下:"卡洛琳,你知道吗?明年我们的小麦就能大丰收了,因为现在的天气非常好!"

妈有些不相信:"真的假的?"

爸说:"城里人告诉我,冬天暖和夏天干燥才会出现蝗虫。如今,我们这里下了这么大的雪,还这么寒冷,明年蝗虫是不会来了。小麦能正常生长,肯定能大丰收的。"

妈的声音很平淡:"挺好的。"

"我回来的时候,他们依旧聚集在商店里谈论着。菲奇先生给了我一件大衣。这件大衣是他从一个东部过来的人那里买的,那个人没钱买车票,只好把大衣卖了。这件大衣值十美元……"

妈接住了爸的话头:"查尔斯,这件衣服很好,恭喜你。"

"后来的事实证明,我买这件衣服是一个很正确的选择。"爸继续说,"我穿着旧大衣进城的时候,就觉得寒风刺骨,它根本就抵御不了寒风。菲奇先生说没钱没关系,春天的时候我卖了动物的毛皮再给他钱就可以。于是,我就花十美元把这件大衣买了下来。"

"刚踏上草原,我看到了西北边的云,不过看起来很

在梅溪边
On the Banks of Plum Creek

小,我以为只要加快速度,就能超过它。哪知道,只一会儿的工夫,暴风雪就袭击了我,身边所有的东西我都看不清了。"爸接着说。

"如果暴风雪只是从西北方袭来,我就可以一直向北走,只有左边的脸会被吹到,这都不是什么大问题。可是,暴风雪却很肆虐,分别从四面八方向我袭来。我动弹不得,什么也不能做。

"虽然分不清方向了,但我知道我必须得继续朝前走。我就这样走了很长一段时间。走了大概两英里,我还没有看到小溪,于是,我就知道我迷路了。我不知道能做什么,除了继续接着走。我必须得不停地走,要不然我会冻死在雪里。

"我脚步从未停歇,我觉得自己的速度超过了暴风雪。我看不到任何东西,像个瞎子一样朝前走着。暴风雪一直咆哮着,耳边到处都是它们的吼叫声和嘶喊声,不知道你们是否听到了?"

劳拉回答爸说她听到了。玛丽也说她听到了。妈点点头。

劳拉说还有火球,爸表示不懂。妈说:"让爸先说完,火球那个等会儿再说。"

爸接着讲:"我没有停下来,周围的白色变成了灰色,

然后又变成了黑色。晚上到了，我算了下时间，大概走了四个小时左右。这场暴风雪至少会持续三天三夜。我只能接着走。"

"我在窗台上放了煤油灯，就是希望你能看到。"妈说。

爸说："我的眼睛看不到，虽然我一直擦着眼睛，可就是什么东西也看不到。突然，前面的路消失了，我跌落到了一个大概有十英尺深的地方。

"我搞不清楚状况，但我周围很安静，风声也消失了，只是暴风雪依旧在头顶盘旋着。我摸索了一会儿，找到了三堵墙，那些墙也是白色的，和我的身高差不多。我还找到了一面向后倾倒的泥土墙。这下我明白了，我掉到了一个干沟里。

"我钻到了泥土墙的下面去，泥土墙很舒服，像动物的巢穴。我的后面、头顶都靠着墙，吹不到风，我身上还有件大衣，很暖和。没多久我就累得睡着了。

"你知道吗，卡洛琳，我真的好感谢自己买了那件大衣，还有走之前你给我的那双袜子，以及我头上那顶有护耳的帽子。

"我醒来之后暴风雪呼啸的声音变小了。我前面的积雪有些已经化掉了，掉在地上变成了冰，它们是被我呼吸

在梅溪边
On the Banks of Plum Creek

的热气化掉的。我掉下来的时候砸出来的那个坑已经被雪给埋住了。周围空气清新，但我头上的雪的高度至少有六七英尺。我活动了手脚，捏了下鼻子和耳朵，确定没有被冻伤后，我又睡了。"

爸说完转身问妈，暴风雪持续了多久的时间。

妈回答说："已经是第四天了。"

爸问劳拉和玛丽："知道今天是什么特殊的日子吗？"

玛丽猜是周日。妈告诉她说是圣诞节的前一夜。

她们一直想着爸，把这个日子给忘了。

劳拉问爸："爸，这几天你都在睡觉吗？"

爸回答说："不是的，我很快就被饿醒了，然后又睡，结果又被饿醒了。我的大衣里面有一块准备用来过圣诞节的牡蛎饼，我把它吃了，然后把地上的雪当水喝。然后，我只能待在那儿，等暴风雪停下，或者变小。

"过了一段时间，我又饿了，我只好吃饼干。饼干和我的手指一般大小，不太能经受住饿，即使吃半磅也不见得能吃饱。

"然后，我继续等，继续睡觉。醒来的时候我会听上面的声音，从声音的强弱判断出积雪的厚薄。地沟里的空气很好，我的身体和血液还非常热，足够我继续抵御寒冷。

"我本来打算想一直睡觉的,可总是被饿醒。后来,实在没办法了,我做了一件很不应该的事情。姑娘们,相信我,如果不是实在没有办法我是不会这么做的。我把为你们准备的糖果从大衣的口袋里拿了出来,然后全吃掉了。我真的很抱歉,那本来是给你们准备的圣诞礼物。"

劳拉和玛丽扑了上去,紧紧地抱住了爸的腰。

劳拉说:"我真的很开心你那样做了!爸。"玛丽也附和着劳拉的话。她们打心底里为爸的行为感到高兴。

"明年我们会收获很多麦子,到时收获后即使不用到圣诞节,你们也能吃到糖果。"爸说。

"糖果的味道怎么样?你吃完了糖果有没有觉得舒服一些?"劳拉问爸。

爸说:"糖果的味道非常棒,我吃完也舒服了很多。然后我继续睡觉,昨天白天和晚上我一直都在睡觉。某一刻,我一下站了起来,脑袋清醒了很多,周围非常安静。

"我以为是雪太厚了,或者已经停止了,才变得这么安静。我屏住呼吸,依旧什么也没有听到,四周非常安静。

"然后我像獾一样用双手挖雪,没多久,我就从地沟里爬了出来。你们猜猜我到了哪里?我到了梅溪边!劳拉,就是我们放捕鱼笼的那个地方!"

劳拉有些不相信:"不是吧,那个地方我透过窗户就能

在梅溪边
On the Banks of Plum Creek

看到。"

爸点点头:"对呢,从那里也能看到咱们的家。"

过去的那几天是那么漫长而恐怖,原来爸一直在离她们很近的地方。如果他看到了妈放在窗台的煤油灯,早就回来了。可是风雪太大,他什么都看不到。

"我在土墙那儿蹲了好几天,腿早就麻木了,可是看到家的时候我什么都忘记了,直接朝家里冲来!现在,我终于见到了你们!"爸说完了这几天的经历,之后他就情不自禁地抱住了玛丽和劳拉。

然后,爸转身从那件买的大衣里面拿出了一个方形罐头,罐头用一个袋子装着,铁皮的,又扁又亮。

爸拿着罐头问她们:"这是你们的圣诞晚餐,知道是什么吗?"

她们摇摇头,表示不知道。

"是牡蛎!非常好吃的牡蛎!"爸说,"它一直冻着,从我买来直到现在,它都一直冻着。如果把它放到单坡屋顶,明天的时候依旧会是冻着的。你觉得呢,卡洛琳?"

劳拉伸手摸了下罐头,很凉。

"我把饼干、圣诞节的糖果都给吃了。还好,罐头还在!"爸说。

圣诞前夜

傍晚的时候,爸去牛棚给牲畜喂食。杰克紧紧跟在爸的身后,生怕他会跑掉似的。

带着寒气和雪花,爸和杰克走进了家门。爸跺了跺脚,将外套和帽子挂在了单坡屋顶门旁的一颗钉子上。爸说:"又在刮风了,明天又会下暴雪。"

妈说:"查尔斯,只要有你在,下再多的暴雪,我也不在乎。"

爸在烤火,杰克趴在他的身边。爸说:"劳拉,可以帮

在梅溪边
On the Banks of Plum Creek

我拿一下小提琴吗?我可以为你拉一曲。"

爸接过劳拉递来的小提琴,在弓上涂了一些松香油,然后便开始拉琴。此时,妈正在准备晚饭。

噢,俊朗的查理小伙子,
噢,他其实是个花花公子!
他很喜欢亲吻女孩子,
这是他的拿手好戏!

我不要你已经长虫的麦子,
也不要你的燕麦,
请立刻把好面粉给我,
我要给查理烤一块蛋糕!

爸的歌声很好听,都能赶得上小提琴发出的声音了。劳拉的脚随着音乐声打着拍子,卡莉十分开心地拍着小手掌。

爸又弹奏起《百合花谷》,然后他又唱了起来:

在安宁的夜晚,
淡雅的月光,
洒满河谷和山丘……

妈在火炉边忙碌着，劳拉和玛丽安静地坐在那儿听爸弹唱着歌曲。小提琴的音符随着爸的歌声，上下跳动着。爸看了妈一眼，继续弹唱着：

玛丽去将盘子端上来，
端上来，端上来，
玛丽把盘子端上来，
我们等着用它茶喝！

玛丽跑去拿杯子和盘子。劳拉喊道："爸，我需要做什么？"爸调整了下小提琴，把刚才欢快的节奏变慢。

劳拉把盘子拿走，
拿走，拿走，
我们都离开以后，
劳拉要擦桌子！

玛丽正在摆餐桌，劳拉知道自己应该吃完饭后收拾桌子、洗刷餐具。

屋外的狂风呼啸着。雪和冰碴劈里啪啦地打在窗子上。不过此时此刻，屋里橘黄色的灯光显得十分温暖，而爸的小提琴声从未间断。玛丽在摆餐桌，盘子发出清脆的

在梅溪边
On the Banks of Plum Creek

碰撞声。卡莉在摇椅上摇摇摆摆。妈在厨房和餐桌之间穿梭。奶锅被她放在了桌子中央，奶锅里是金黄色的烤豆，当妈从烤箱中拿出装着玉米面包的烤盘时，空气中弥漫着食物的香气，十分美妙。

爸欢快的琴声又响了起来：

> 骑兵队的狂欢队长是我，
> 我的马儿吃的是玉米和大豆，
> 可能有些奢侈，
> 谁让我是骑兵队的狂欢队长！
> 整支军队的队长都是我！

劳拉轻轻地拍打着杰克的头，抓了抓它的耳朵，然后抱住了它的脑袋。

真美好。

蝗灾过去了，小麦明年会丰收。圣诞节的时候有牡蛎吃。虽然没有糖果，但是劳拉也没有什么想要的了。她很开心，因为爸可以安全回家全靠着这些圣诞糖果。

妈把晚餐做好了。

爸把小提琴收好，然后笑着看着她们。爸蓝色的眼睛依旧是那么和蔼可亲。

"卡洛琳，劳拉的眼睛很动人。"爸说道。